수어 : 손으로 만든 표정의 말들

수어

손으로 만든 표정의 말들 　　　　　 이미화

프롤로그 ＊

우연의 신

우연을 연구하는 철학자 미야노 마키코는 "우리가 살아가는 현실에 결국 필연은 없다"고 말했다. "매 순간 갖가지 원인이 우연히 겹쳐서 지금이 태어나고, 예상하지 못했던 새로운 미래가 펼쳐지는 식으로 우리가 살아가는 현실이 성립된다"고 말이다. 다시 말해 지금의 나를 만들어낸 건 모두 우연이라는 뜻이다.

다큐멘터리 감독이자 21대 국회의원인 장혜영 의원도 이런 말을 했다. "비장애인인 사람들은 자신의 능력으로 비장애인이 된 것이 아니라 그저 운이 좋아 비장애인으로 태어난 것"이라고. 장애 없는 신체로 태어난 것이 그저 운에 불과하듯 누군가 장애를 가지고 태어난다면 그것도 모

● 미야노 마키코, 이소노 마호, 『우연의 질병, 필연의 죽음』, 김영현 옮김, 다다서재, 2021

● 장혜영, 『어른이 되면』, 시월, 2020

두 우연이라는 것. 그러니 "운으로 얻은 것을 장애인들에게는 능력으로 쟁취하라고 말하는 것은 부당하고 차별적인 일"이라고 말이다.

지금의 나는 우연이라는 레이어가 층층이 쌓여 만들어진 최종 파일에 가깝다(최최종, 최최최종, 진짜 최종, 마지막 최종 파일이 계속 이어질 것이라는 점에서 더더욱). 계획한 대로, 선택한 대로 살아온 것 같지만 우연히 비장애인으로 태어나 그때그때 다가온 인연을 만나고, 기회를 잡고, 순간의 감정에 휩쓸려 벌인 온갖 충동적인 사건을 수습하며 만들어진 것이 현재의 나이기 때문이다.

그러니 내가 수어를 시작하게 된 것도 우연이라고 말하지 않을 수 없다. 어쩌면 우연의 신이 나를 그곳으로 데려다 주었는지도 모르겠다. 하필이면 왜 나는 그날 서점에서 『수화 배우는 만화』를 집어 들었을까? 그리하여 왜 잊고 있던 과거의 어느 날을 기억해냈을까? 처음 수어를 목격한 날의 한 장면을 말이다.

때는 수어가 언어로 인정받기 전, 그러니까 수어가 아직 수화로 불리던 2000년대 초. 관객으로 참석한 지역 동아리 공연에서였다. 연이은 댄스 동아리 공연에 목이 쉬어라 함성을 질러대던 나는 좀 지친 상태로, 단정한 교복 차림의 언니들이 대열을 맞추어 서는 모습을 지켜보고 있었다. 'OO고등학교' 수화 동아리의 공연이 이어질 거라는 사회자의 멘트와 함께, 공연 준비를 마친 언니들은 흘러나오는 노래 가사에 맞추어 손을 움직이기 시작했다.

내가 선망하는 고등학교의 교복(세라복)을 입고 뻐끔뻐끔 노래를 따라 부르며 생글거리던 얼굴과 팔랑팔랑 움직이던 하얀 손. 수화가 뭔지는 몰라도 이 장면을 놓치면 안 될 것 같은 기분*. 지금도 생생히 기억나는 걸 보니 꽤 강렬한 경험이었던 것 같다.

하지만 10대의 나이가 그렇듯 나는 금세 이 사실을 잊고 눈앞에 해야 할 일들을 해치우며 살아오다가 우연히 손에 든 『수화 배우는 만화』가 기억 저편에 있던 수어에 관한 원체험을 이끌어낸 것이다.

내게 수어는 '장애인'의 언어가 아니었다. 장애인에 초점을 맞출 이유도 필요도 없었다. 선망과 동경의 대상이었다면 모를까, 편견이 생길 겨를

● 수어 노래 부르기에 대한 의견은 분분하다. 한국어와 한국수어는 어순이 달라 한국어 가사를 그대로 수어로 옮길 경우 농인에게 그 의미가 정확하게 전달되지 않을 수 있기 때문이다. 이 때문에 수어 노래 부르기는 농인이 아닌 청인을 위한 문화처럼 여겨지기도 한다. '장애인의 날'이 정작 장애인을 위한 날은 아닌 것처럼.

이 없었다. 그래서 수어를 다시 기억해냈을 때, 우연히 다시 만난 오랜 친구를 따라나서듯 수어가 안내하는 농세계로 진입할 수 있었다.

삶의 모든 순간이 우연이라고는 하지만 어떤 우연은 인생에 결정적인 역할을 하기도 한다. 우연의 신이 나를 이곳으로 데려와 주었다고밖에 설명할 수 없는 장면 앞에서, 우리는 멈추어 선다. 그런 장면은 일상을 파고들어 세상을 달리 보게 한다. 보이지 않던 이면이 보이고, 당연한 일로 가득하던 세계에 '왜?'라는 질문을 던지게 한다. 그리고 답을 찾는 동안 내 안의 일부는 무너지고 다시 쌓이면서 새로운 이야기가, 삶이 시작된다.

"Vote for Women!!"

실제 영국 여성의 참정권 운동을 담은 영화 〈서프러제트〉의 주인공 모드도 그렇다. 여성 세탁

노동자로서 한 남자의 아내이자 한 아이의 엄마
로 시는 삶을 의심해본 적 없었지만, 우연히 서
프러제트 시위 현장을 목격하면서 모드 인생에
새로운 이야기가 쓰이기 시작한다. 여성 참정권
운동가로서의 삶 말이다.

"투표권이 부인에게 어떤 의미입니까?"
"투표를 한다는 건 생각도 못 해봤습니다. 그래서
제게 어떤 의미일지도 생각해본 적이 없습니다."
"그럼 왜 이 자리에 나오신 겁니까?"
"어쩌면 우리가 이 인생을, 이 인생을 다르게 살
수 있을지도 모른다는 생각에서요."

내가 인생을 다르게 살 수 있을지도 모른다는
생각. 어쩌면 그것은 더 이상 나빠질 수 없을 만
큼 나빠져 있는 이 시대에서 우리가 바랄 수 있
는 최선의 희망이 아닐까? 모드가 세탁 노동자

의 옷을 벗고 거리로 나와 발견한 건 희망이었을 것이다. 시대가 나아질 것이라는 근거 없는 낙관이 아니라, 행동에서 비롯된 희망. 그 자신이 유리창에 돌을 던지고 우체통을 불태우며 정부에 맞설 것이기 때문이다. 행동할 것이기 때문이다. 행동하는 사람만이 낙관주의자가 될 수 있다.

희망. 희망은 수어로 엄지만 편 오른 주먹의 바닥으로 손등이 위로 향하게 비스듬히 세운 왼 손바닥을 스쳐 올려 표현한다. 내가 수어를 공부하면서 발견한 단어도 희망이다. 내 수어 실력이 늘리라는 희망과는 별개로(이 희망은 점점 꺼져가고 있다.) 거리 곳곳에서 차별과 싸우는 낙관주의자들을 만났기 때문이다.

청각장애인의 일자리를 창출한 '고요한 택시', 인식의 거리를 예술로 채우는 수어 아티스트 '지후트리'와 농인 극단 '핸드 스피크', 영상 자막 서

비스로 장애의 장벽을 허무는 '오롯' 등. 비장애인 중심 사회에서 장애와 비장애의 거리를 좁히기 위해 무척이나 많은 사람들이 행동하고 있었다. 전혀 변할 것 같지 않은 내 일상만 들여다보던 과거의 내겐 희망이랄 게 없었다. 하지만 나라는 세상 밖에는 자신의 삶에만 머물지 않고 시대를 변화시키려는 사람들이 편견의 유리창에 돌을 던지며 희망의 퍼레이드를 벌이고 있었다.

이 책에는 수어를 매개로 알게 된 새로운 세상과 사람들, 무엇보다 그 자체로 완전하고 고유한 언어인 수어의 아름다움을 전하기 위해 손으로 외운 문장들이 담겨 있다. 수어가 내게 그랬듯, 우연히 이 책을 마주한 누군가가 인생을 다르게 살 수 있을지도 모른다는 희망으로 썼다. 쓰는 동안 나는 낙관주의자가 되었다.

우연이라는 수어의 수형은 '운명'과 '딱 맞다'라는 두 수어의 결합이다. 나는 운명론자는 아니지만 우연히 이 책을 집어든 사람에겐 이렇게 말해도 되지 않을까.

운명, 딱 맞다.

차례

책을 읽기 전에

: 수어를 배우며 알게 된 농세계의 언어

수어(수화언어)

2016년 2월 3일 한국수화언어법이 제정되면서, 한
국수화언어가 한국어와 동등한 자격을 가진 농인의
고유한 언어임을 인정받았다. 한국수어도 한국어와
마찬가지로 고유한 어휘와 문법을 가지고 있다.

청각장애인(의료적 관점)

장애인복지법에 따르면 청각장애로 인하여 장기
간에 걸쳐 일상생활 또는 사회생활에 상당한 제약
을 받는 자를 의미한다. 모든 청각장애인이 수어를
언어로 사용하는 것은 아니며, 성장 과정에 따라 구
화, 홈사인(Home Sign, 가족같이 가까운 사람들 사이에 통용
되는 몸짓 언어)을 사용하기도 한다.

농인(사회·언어학적 관점)

한국수어를 일상어로 사용하는 농사회의 구성원
이자 농문화를 주도하는 주체. 농인은 스스로의 정
체성을 '장애'나 '결함'에 초점을 맞추지 않고 수어
라는 고유한 언어를 사용하는 문화적 존재로 인식
한다.

청인

음성언어를 사용하는 사람을 의미한다. 농사회에서
는 '비장애인'이라는 명칭 대신 청인이라고 부른다.

코다(CODA. Children of Deaf Adults)

농인 부모를 둔 청인 자녀. 농문화와 청문화에 모두
익숙해 농인과 청인 사이에 다리 역할을 한다.

＊
＊
＊

어떤 이름

이름이 곧잘 별명이 되던 시절, 나는 '김미김미'로 불렸다. 당시 유행하던 컨츄리 꼬꼬의 도리도리 춤을 추며 리듬을 넣어주어야 완성되는 별명이었다. 나훈아의 노래 〈무시로〉의 첫 소절인 '이미 와버린 이별인데'에서 '이미 와~'의 음정만 따서 부르던 애도 있었다. 새 학기 선거철마다 만장일치로 미화부장에 뽑힌 것 역시 이름 때문이었다. 당사자가 원치 않는 직책을 몰아가기 식으로 떠넘기던 당시의 선출 과정엔 어딘가 폭력적인 구석이 있었지만, 어쨌든.

꽤 최근까지 나를 따라다닌 별명 중엔 나와 같은 이름의 여성 코미디언 이름도 있었다. 이름 자체가 나를 놀리기 위한 별명으로 쓰였다는 건, 이미 어떤 종류의 비하가 포함되어 있다는 의미였다. 아름다운 외모를 가진 배우의 이름을 별명으로 부르는 경우는 거의 없었으니까. 그가 여성 코미디언 중 처음으로 연예 대상을 수상했다는 성과와는 별개로, 그저 코미디언의 외모가 놀림거리가 되던 시절이었다.

나는 그 별명이 싫었다. 코미디언과 똑같은 내 이름도 싫었다. 조금 더 솔직해지자면, 그 별명으로 불리는 한 내 외모를 좋아하기 힘들 것 같았다.

"안녕하세요. 나. 이름. 이미화."

여느 수업의 첫 시간이 그렇듯, 수어학원에서도 자기소개를 피할 순 없었다. 손바닥을 펴서 가슴에 얹으면 '나'. 주먹을 쥔 후 엄지와 검지만 편 채로 가슴에 명찰을 달 듯 가져다 대면 '이름'. 그리고 자신의 이름을 지문자로 표기하거나 '얼굴 이름'을 알려주면 되었다.

지문자는 자음과 모음을 손가락으로 표기하는

수어로, 이름이나 지명과 같은 고유명사를 표현할 때 주로 사용한다. 하지만 누군가의 이름을 부를 때마다 일일이 지문자로 표기하는 건 언어의 경제성이 떨어지기 때문에, 농사회에서는 사람의 특징적인 면을 부각시켜 '얼굴이름(수어이름)'을 만들어 부른다. 여성의 얼굴이름은 '얼굴 특징+여자를 의미하는 새끼손가락'으로 표현하고, 남성의 얼굴이름은 '얼굴 특징+남자를 의미하는 엄지손가락'으로 표현한다.

얼굴이름은 지속적으로 관계를 맺은 농인에게 선물을 받는 것이 일반적이다. 농인이 고민 끝에 지어준 이름이 있다는 건 농사회에 받아들여졌음을 의미하는 말이기도 하다.

농인들은 어린 시절 학교와 교회 등에서 동창 선후배와 어울리면서 자연스럽게 얼굴이름을 갖게 된다. 얼굴이름은 농사회의 대표적인 농문화다. 대부분의 얼굴이름은 당사자의 외모, 즉 시각적 특성을 기반으로 만들어진다. (……) 본래 얼굴이름은 '세상을 눈으로 사는' 농문화의 소중한 산물이며, 그 이름의 당사자를 폄하하거나 조롱하려는 의도는 갖고 있지 않다.

_ 김유미, 『영혼에 닿은 언어』

칭찬의 말도 평가로 받아들여지는 시대에 외모의 특징적인 면으로 이름을 짓는 것에 누군가는 거부감이 들지도 모르겠다. 이렇게 생각해보면 어떨까? 생김새로 사람을 표현하는 것이 약속된 사회, 얼굴의 특징이 기능적인 역할을 하는 사회란 누군가를 외모로 평가하지 않기 때문에 가능한 것이라고. 그렇게 생각하니 평소 콤플렉스라고 여겼던 나의 작은 눈이나 동그란 얼굴이 이름으로 부각시킬 만큼 도드라져 보이지 않았다. 오히려 특색없는 얼굴이 밋밋하게 느껴질 정도였다. (물론 수어에도 인종적, 성차별적인 표현이 존재한다. 최근 농사회에서는 이런 수어에 대해 혐오적 표현을 삭제한 대안 수어를 개발하거나 해당 수어의 사용을 지양하는 등의 움직임이 있다.)●

엄마는 어렸을 때 코 옆에 큰 점이 있어서 '코 옆에 점+여자'가 수어 이름이고, 아빠는 매일 턱 아래를 만지는 손버릇 때문에 '턱 아래를 만지는 동작+남자'가 수어 이름이다.

_이길보라, 『반짝이는 박수 소리』

'눈이 큰+여자', '얼굴에 점이 난+여자', '머리가 긴+남자'. 나는 처음으로 내 얼굴로 만들어질 이름이 궁금했다. 나의 작은 눈도, 동그란 얼굴도,

● 이준우, 「한국수어사전 수어 뜻풀이와 용례 구축 및 정비」, 국립국어원

진한 팔자주름도 평가의 대상이 아닌 그저 이름
으로만 작용하는 사회에서 불릴 나의 얼굴이.

최근에는 얼굴 특징이 아닌 이름의 첫 글자나 한
자 풀이를 수어로 표현한 뒤에, 성별을 붙여 임
의적으로 수어이름을 만들기도 한다. 농인끼리
도 겹치는 얼굴이름이 많기 때문에 혼동을 방지
하기 위해서라는 이유다. 예를 들어 내 이름에는
꽃이라는 한자가 들어 있으므로 '꽃+여자'로 표
현하거나 영어 성인 'L'만 따와서 'L+여자'로 표
시하기도 한다. 하지만 시각적인 특징으로 만든
이름이 농문화에 더 적합한 이름이라고 나의 수
어 선생님은 말했다.
잘 알고 지내는 농인이 없는 기초반의 학생들은
수업시간에 사용할 얼굴이름을 직접 만들어야
했다. 내가 나의 외모로 이름을 짓는다고 생각
하니 어쩐지 좀 징그러웠다. 내 이목구비를 뷰티

필터 없이, 어떠한 평가도 없이 보이는 그대로 표현한 적이 없기 때문이다. 농인 친구가 있다면 내 얼굴이름을 뭐라고 지어줄지 짐작해보다가 검지와 새끼손가락을 펴고 입 앞에서 스마일을 그렸다.

선생님의 "왜?"라는 수어에 늘 부르터 있는 도톰한 입술을 가리켰지만 실은 잘 웃고 싶어서였다. 모든 이에게 꽃처럼 공평한 얼굴로 웃어 보이는 사람이 되어야겠다는 마음을 담고 싶었다. 언젠가 농인이 지어줄 내 얼굴이름을 기대해보며, 이렇게.

"안녕하세요. 나. 이름. 스마일+여자."

근육의 언어

내 글에서 나는 제법 솔직한 사람으로 보이지만, 실제 성격은 조금 다르다. 나는 웬만해선 감정을 잘 드러내지 않는다. 숨김없이 감정을 드러냈다가 오해를 샀던 경험 이후로, 삶이 고달픈 누군가에겐 솔직한 감정 표현도 상처가 될 수 있다는 걸 알았기 때문이다.

날아갈 듯이 기쁠 때나, 다가올 날이 기대될 때, 때론 땅을 치고 울고 싶을 때도 "그냥 그래"의 스탠스를 유지해오고 있다. 그래야만 덜 미움 받고, 덜 동정 받을 테니까.

문제는 "그냥 그래"라고 말하면 정말로 그냥 그런 일이 되어버린다는 점이다. 힘든 일이 닥쳤을 때 "그냥 그래"라고 하면 충분히 감당할 수 있는 일처럼 느껴지기도 하지만 책을 출간하거나 꿈에 그리던 책방을 여는, 인생에 다시없을 감격의 순간마저도 "그냥 그래"라고 하면 정말로 그냥 그런 일이 되어버리기 때문이다. 마음껏 기뻐하고 슬퍼하는 대신 감정을 숨겨왔던 나는 어느새 어떤 일에든 심드렁한 사람이 되어 있었다. 심지어 고마움을 전해야 하는 상황에서도 진심과는 달리 입꼬리를 씰룩거리며 어색한 웃음을 지어 보이는, 감정 표현에 서툰 사람이 되어버리고 만 것이다.

수어는 단순히 손동작만으로 되지 않았다. 중요한 것은 표정이었다. 수어에서는 표정이 손동작보다 중요하다. 그래서 표정 없이 수어를 하면 의사 전달이 제대로 되지 않는다. 요소로 따지자면 표정은 소리의 크기, 음율, 음색에 해당하는 것이다.

_ 이길보라, 『반짝이는 박수 소리』

수어를 배우다 보면 수어가 손동작뿐 아니라 표

정까지 사용해야 하는 언어라는 사실을, 근육이 얼얼할 정도로 깨닫게 된다. 외국어로 말하는 게 사고체계 자체를 바꾸어야 한다는 점에서 완전히 새로운 뇌로 생각해야 한다면(수어도 물론 그렇지만), 수어는 평소와는 완전히 다른 근육을 사용하는 일이다. 질문과 대답을 표정으로만 구분해내야 하기 때문에 눈썹 근육을 얼마나 자유자재로 움직이는가가 곧 의사소통의 핵심처럼 느껴질 정도다. 그래도 질문은 비교적 수월한 편이다. '어?' 하는 표정을 지으며 고개를 앞으로 내밀면 질문처럼 보이기 때문이다.

내가 가장 힘들어하는 부분은 강조다. 고마움과 진짜 고마움의 차이는 '진짜'를 표현하는 표정에 달렸는데, 나의 "진짜 고마워"는 하나도 안 고맙게 느껴진다. 나는 정말 정말 고마운데, 몇 년간 무표정만을 고수해왔던 내 얼굴 근육이 마음대로 움직여 주지 않는다. 근육은 사용하지 않으면 퇴화한다는데 내 얼굴 근육도 퇴화한 걸까?

나는 수어를 익히면서 신체의 여러 부위에 전부 의미가 담긴다는 게 재미있었어. 워낙 직설적인 표현이 많으니까 잘 모를 때는 예의 없는 언어라고 생각했는데, 실은 표정과 몸에 담긴 의미를 내가 하나도 읽어내지 못했을 뿐이었어.

_사이토 하루미치, 『서로 다른 기념일』

농인은 표정을 보고 진심인지 아닌지 구별해낼 수 있기 때문에 수어로는 감정을 숨길 수 없다고, 선생님은 말했다. 솔직하고 직접적인 표현이 농인의 문화이니 수어로 이야기할 때는 좋은지, 싫은지, 고마운지, 별로 안 고마운지 느낀 그대로 표현해야 한다고 말이다.

언어를 배운다는 건 문화를 받아들이는 일이므로, 청문화가 아닌 농문화를 이해하기 위해 수어 시간만큼은 진심을 표현하는 데 온 근육을 다 쓰기로 마음먹었다. 한껏 구겼던 얼굴 근육을 활짝 펴고 '너어어무' 좋다고 말하거나 당시에는 표현하지 못했지만 '저엉말' 고마웠던 순간을 기억해내며 감격한 표정을 짓는다. '저얼대' 아니라고 할 때는 인상을 팍 쓰고 잔뜩 찌푸렸다가 '지인짜' 놀라울 때는 주름 하나 잡히지 않도록 평수를 넓힌다.

수업이 끝난 후 아이라인이 범벅된 얼굴을 보고 실소가 터졌다. 어쩐지 수어로는 마음껏 감정을 드러내고 진심을 표현해도 될 것 같아서, 풀어진 얼굴 근육처럼 마음도 조금 말랑말랑해진 기분이 들었다. 여전히 무표정이 아닌 내 모습을 보는 건 어색하지만, 수어를 배우며 얼굴과 마음의 근육을 사용하는 방법을 알아가고 있다. (그리고 수어 수업이 있는 날에는 아이라인을 그리지 않기로 마음먹었다.)

✳
✳
✳

무기였다가 선물이었다가

'한 사람이 세상을 이해하는 방법과 행동은 그 사람이 사용하는 언어의 문법적 체계와 관련이 있다'는 사피어-워프 가설은, 언어를 통해 사고가 형성된다는 주장이다. 따라서 같은 언어를 쓰는 사람은 그 언어에서 비롯된 공통된 세계관을 가지고 살아가게 된다. 이 가설을 토대로 만들어진 영화가 〈컨택트〉다.

영화의 주인공인 언어학자 루이스 뱅크스는 외계 생명체인 헵타포드가 지구에 착륙한 목적을 알아내기 위해 그들과 교류하면서 외계 언어를 습득해 나간다. 그 속에서 영화는 선형적인 언어를 사용하는 인간과 비선형적인 언어를 사용하는 헵타포드의 사고체계가 어떻게 다른지 은유적으로 풀어낸다.

루이스가 헵타포드에게 가장 먼저 알려준 단어

는 'HUMAN'이다. 우리는 '인간'이라고. 이를 본 외계 생명체도 그들의 언어로 자신을 소개한다.

수어 수업 첫날 농인 선생님이 우리에게 알려준 첫 번째 수어는 '농인'이었다. 손바닥으로 귀와 입을 차례로 막으며 '농인'이라고 했다. 그리고 손가락을 벌려 반쯤 구부린 손바닥을 입 앞에서 돌리며 '청인'이라고 했다. 그다음으로 알려준 단어는 '문화'와 '같다'였다.

"농인, 문화, 청인, 문화, 같아?"

농인에게서 공식적으로 받은 첫 질문이었다. 우리는 고개를 저었다. 농인과 청인의 문화가 다르다는 것을 이해하는 것에서부터 수어 수업은 시작된 셈이었다.

이후 수업은 루이스가 헵타포드에게 인간의 언어를 알려주던 방식과 비슷하게 진행되었다. '달리다'라는 수어를 보여준 후 달리는 행동으로 이를 실명하는 식이었다. 이대로 수어 어휘를 늘려간다면 곧 농인과의 대화도 문제없을 거라는 기대와 함께, 영단어를 외우듯 수어를 암기해나갔다. 하지만 이건 '한국수어가 한국어 문장을 그대로 손으로 옮겨 놓은 것'이라는 오해에서 비롯된 헛된 바람이었다.

물론 한국어와 한국수어는 같은 한국 문화를 바탕으로 하고 있어서 단어의 의미가 같은 경우도 많이 있어요. 그렇지만 우리가 생각하는 것처럼 단어마다 일대일로 뜻이 대응한다든가 한국어 문장에 나오는 단어를 순서 그대로 수어 단어로 바꾸기만 하면 이해되는 관계가 아니랍니다. 둘은 별개의 언어예요. 다만 한국 문화를 공유하고 있죠.

_ 김유미, 『영혼에 닿은 언어』

영단어를 알아도 어순이나 전치사, 동사의 변형 등 문법을 알지 못하면 정확한 영어를 구사할 수 없는 것처럼, 수어 단어를 많이 알고 있더라도 수어의 문법을 이해하지 못한다면 의미를 제대로 전달할 수 없다. 한국어와 한국수어는 상호 간에 일대일로 완벽하게 치환되지 않는다. 한국어 문장의 어순 그대로 수어를 나열하는 것은 한국수어가 아닌 '수지手指 한국어'라 불린다. 농인에게 수지 한국어로 이야기할 경우 의미가 왜곡되거나 소통에 오류가 생길 수 있다.

3차원의 공간을 활용하는 수어는 하나의 동작으로 여러 문장 성분을 동시에 구현할 수 있다. 특히 한국어에서 '조사'에 해당하는 부분을 손가락의 방향 전환으로 대신한다. '만나다'처럼 방향성이 있는 단어의 경우, '만나다'의 수어 원형에서 손가락의 방향을 전환하면 '내가 너에게'

가거나 '네가 나에게' 온다는 의미를 표현할 수 있나. 서로 등을 맞대고 걸어가는 모습의 '이별하다'라는 수어도 손의 방향으로 '내가' 떠났는지 상대방이 떠났는지를 간단하게 설명할 수 있다. 공간을 언어의 구성 성분으로 사용하면서 경제적이고 효율적으로 의미를 전달할 수 있는 것이다.

시각적이고 입체적인 수어의 특징은 시간을 나타낼 때 특히 매력적이다. '1년'은 지구가 태양 주위를 한 바퀴 도는 공전의 과학적 개념을 그대로 시각적으로 표현한다. 오른 주먹을 지구, 왼 주먹을 태양이라고 했을 때, 오른 주먹의 검지를 펴서 숫자 1을 만든 뒤 지구가 태양을 돌 듯, 왼 주먹 주변을 한 바퀴 돌리면 1년이 된다. '1시간'은 손목시계의 분침이 한 바퀴 돌아가듯, 왼 손목 위에서 오른손으로 만든 숫자 1을 시계 방향으로 한 바퀴 돌린다.

사피어-워프 가설대로 한 사람이 세상을 이해하는 방식이 사용하는 언어의 문법적 체계와 관련이 있다면, 선형적·순차적·시간적인 언어를 사용하는 나와 달리 동시적·다층적인 언어를 구사하는 농인들은 어떤 방식으로 세상을 이해할까? 만일 내가 농인처럼 자유자재로 수어를 구사하게 된다면, 지금까지와 얼마나 다르게 사고할 수 있을까?

그건 지금의 나로서는 알 수가 없는 미래다. 하지만 알고 싶은 미래이기도 하다. 가능한 한 넓고 깊은 시야로 세상을 바라보고 싶기 때문이다. 사람이든 세계든 입체적으로 이해하고 싶기 때문이다.

"루이스는 무기를 갖는다. 무기를 쓴다."

"무슨 말인지 모르겠어. 너희가 여기 온 목적이
뭐야?"

"3,000년 뒤에 우린 인류의 도움이 필요하다. 루
이스는 미래를 본다. 무기는 시간을 연다."

마침내 헵타포드의 언어를 습득한 루이스는 미
래를 볼 수 있게 된다. 선형적인 구조의 언어를
사용하는 인간에게 시간은 과거-현재-미래 순
으로 존재하지만, 비선형적인 언어를 사용하는
헵타포드에겐 과거, 현재, 미래가 동시에 존재하
기 때문이다.

미래를 볼 수 있게 된 루이스는 딸의 죽음이라는
비극을 알게 되었음에도 같은 남자와 사랑하고,
그의 아이를 낳기로 결정한다. 미래를 알게 된다
는 건 결과를 알면서도 사람을, 삶을 사랑하는
일일 것이다. 나의 미래가 기꺼이 알고 싶은 일
들로만 채워져 있지는 않을 테니까.

"무기가 아닌 선물이었어."

언어는 무기도 되었다가 선물도 된다. 그걸 선택하는 건 언어를 쓰는 자신일 테다. 나는 어떤 능력을 갖게 될까? 수어를 완벽하게 구사하게 된다면 말이다. 아무래도 내게 미래를 보는 능력이 생길 것 같지는 않다. 농인과 완전히 같은 방식으로 사고하거나 지금과 완전히 다른 사람이 될 수도 없겠지. 어쨌거나 확실한 건 지난하고 때론 괴롭기까지 한 이 과정 속에서 내가 무언가를 얻게 될 거라는 점이다. 그건 분명 미래를 향하는 능력일 것이다.

米
米
米

우리에겐 단어가 있으니까

영국의 옥스퍼드 사전에서는 매년 '올해의 단어'를 선정한다. 한 해 동안 가장 널리 퍼져서 그 해를 상징할 만한 단어 중 사회적·문화적으로 중요성을 지닌 단어를 발표한다. 2017년에는 젊음과 지진의 합성어인 '유스퀘이크youthquake'가, 2018년에는 미투 운동의 여파로 '유독한 남성성toxic Masculinity'에서 비롯된 'toxic'이 선정되었고, 2019년에는 '기후 비상사태climate emergency'가 올해의 단어로 선정되었다.

너무 쉽게 떠올릴 수 있어서 전혀 기대되지 않는 2020년은 어떨까? 옥스퍼드 사전에서는 2020년의 단어를 선정할 수 없었다고 발표했다. 하나의 단어로 요약할 수 없는 해이면서, 매달 새로운 단어가 떠오른 기이한 해였기 때문이다.

코로나19로 일상이 무너진 2020년의 내 일기장엔 '일상'이라는 단어가 자주 등장했다. 안온했던 일상을 다시 회복하는 것이 인생 최대의 과제였기 때문이다. 자주 사용하는 단어는 근래 자신의 머릿속을 장악하고 있는 관심사나 고민을 드러내는 단서가 된다. '말'이야말로 생각을 가장 투명하게 담아내는 그릇이니까. 수어를 배우고 있는 요즘의 나는 아무래도 '차별'과 '장애'라는 단어 앞에 자주 서성인다.

어떤 단어를 사용하는지로 상대방의 생각을 짐작할 수 있다면, 단어를 억압해 사고를 통제할 수도 있지 않을까?이런 질문에서 시작된 조지 오웰의 소설 『1984』는 '텔레스크린'을 통해 모든 일상이 감시되는 전체주의 국가, 오세아니아를 배경으로 이야기가 진행된다. 자유와 본능이 통제되는 세상, 오세아니아의 독재자 빅 브라더는 인간의 사고를 지배하기 위해 주체적인 단어를 제거해버린다. 주체적인 사고가 불가능한 세상이 빅 브라더가 원하는 세상이기 때문이다.

신조어 사전을 준비 중인 언어학자 사임은 말한다. 자신의 주된 업무는 새 단어를 만들어내는 것이 아니라 하루에도 몇십 개, 몇백 개의 단어를 없애는 것이라고. 단어를 최소화하는 작업. 그 목적은 사고의 폭을 줄이기 위함이라고. 결국 오세아니아의 미래에는 자유도, 억압도 성립되지 않을 텐데, 왜냐하면 그걸 표현할 말이 사라지기 때문이라고 말이다.

자유라는 단어가 없어지면 자유가 사라지고, 차별이라는 단어가 없다면 그것이 차별인지 알 수 없게 되어버린다. 이해와 배려가 사라진 세상에서 서로를 감싸 안기란 불가능하다.

반면, 세상에서 사라져버릴 위기에 처한 단어를 수집하는 사람도 있다. 핍 윌리엄스의 소설 『잃어버린 단어들의 사전』의 에즈미는 몽당연필과 빈 단어 쪽지를 주머니에 넣고 다니며 여성들이 일상적으로 사용하는 단어들을 수집한다. 왜냐하면 세상의 모든 단어가 있다는 '옥스퍼드 영어사전'에서조차 여성들이 사용하는 단어들이 남성의 언어보다 덜 중요하다는 이유로 누락되었기 때문이다. 에즈미는 그렇게 수집한 단어를 보관해 놓은 캐비닛에 '잃어버린 단어들의 사전'이라는 이름을 붙인다.

"종이쪽지에 기록된 적 없는 수많은 멋있는 단어들이 분명 여기저기 날아다니고 있을 거예요. 그것들을 기록하고 싶어요."

"대체 뭣 때문에요?"

"그 단어들이 머리 박사님이랑 아빠가 수집하는 단어들하고 똑같이 중요하다고 생각하기 때문이에요."

영국인 백인 남성으로만 구성된 옥스퍼드 영어 사전 편찬부에서 인정하지 않은, 권위에서 밀려난 단어들. 단어는 세계를 설명한다는 점에서 사전에 여성의 단어를 싣지 않는 건, 여성이 속한 세계를 누락시키는 것과 다름없다. 그래서 에즈미의 '잃어버린 단어들의 사전'은 역사에서 지워질 여성의 세계를 복원하는 작업인 셈이다.

나는 내가 느끼는 것을, 내가 경험하는 것을 나타내는 적확한 단어를 찾기 위해 책과 분류함을 뒤지던 그 모든 날들을 떠올렸다. 사전을 편찬하는 남자들이 고른 단어들로는 불충분했다. 너무도 자주 그랬다.

"머리 박사님의 사전은 자꾸 지워버려요. 때로는 단어를, 때로는 의미를요. 기록이 되어 있지 않으면 고려의 대상조차 되지 못해요. (……) 이 여자들이 쓰는 말이 다른 단어들하고 똑같은 대접을 받는다면 좋지 않겠어요?"

_핍 윌리엄스, 『잃어버린 단어들의 사전』

일상적인 대화문으로 수업이 진행되는 회화반에서 내가 수집한 단어는 '다이어트', '뚱뚱하다', '날씬하다', '의지가 약하다', '성형미인', '자연미인', '지방흡입 시술', '턱을 깎다', '결혼하다', '혼수', '고부간의 갈등'이다. 모두 교재에 등장하는 예문에서 습득한 단어들이다. 나는 내가 가진 궁핍한 어휘들로, 수어가 내게 어떤 의미이며 내가 왜 수어를 배우기로 결심했는지는 말할 수 없어도, 살이 쪄서 고민이라거나 예뻐지고 싶으면 성형수술의 고통 정도는 참아야 한다는 말은 할 수 있다. 나는 오직 내가 가진 단어 안에서만 이야기할 수 있을 뿐이다.

'결혼하다'라는 수어는 오른 주먹에서 엄지만 편 '남자'와 왼 주먹에서 새끼손가락만 편 '여자'를 맞대는 동작이다. 아직 수어가 서툰 우리는 종종 엄지와 엄지, 새끼와 새끼, 그러니까 '남자'와 '남자'를 맞대거나 '여자'와 '여자'를 맞대기도 한다. 그럴 때마다 선생님은 상냥하게 그런 수어는 없다고 일러준다. 나는 남성 간의 결혼, 혹은 여성 간의 결혼은 없지만 성형미인과 필러 시술은 있는 세상에 살고 있는 셈이다.

2020년 넥슨에서 서비스하는 온라인 게임에서 성소수자를 지칭하는 단어를 금칙어로 정했다. 온라인 게임 창에 '게이', '레즈비언', '양성애자', '무성애자' 같은 단어를 입력할 경우 해당 단어는 출력되지 않고 '입력하신 문장에는 허용되지 않는 단어가 포함되어 있습니다'라는 메시지만 뜨게 설정해두었다. 넥슨이 만든 세상엔 성소수

자라는 단어는 존재하지도, 허용되지도 않는다.

나는 내 세상에 어떤 단어가 없는지 알지 못한
다. 내게 '수어'라는 단어가 등장하기 전까지 농
사회가 존재하는지도 몰랐던 것처럼, '비건'이라
는 단어가 내 삶에 들어오기 전까지 동물의 고통
에 대해서는 생각해보지 않았던 것처럼 말이다.
그래도 희망적인 건, 어떤 단어를 곁에 두고 살
아야 할지는 스스로 선택할 수 있다는 점이다.
지금은 1984년 오세아니아가 아니니까. 단어를
억압하는 빅 브라더도 없으니까. 우리는 자신의
사전에 포함시킬 단어를 수집하고 용례를 적어
내려가며 내가 속한 세상을 정의할 수 있다. 차
별과 편견이 없는 세상에서 살고 싶다면, 배려와
공감, 이해와 인정의 말을 우리 곁에 두면 된다.

내 수어 실력으로 얼마나 걸릴지 알 수 없지만

회화 교재에 실린 대화를 변경해달라고 요청해 볼 생각이다. 살을 빼고 싶다거나, 성형을 해서라도 예뻐지고 싶다는 말 대신 존재 자체를 긍정해주는 대화를, 서로를 향한 수어를 배우고 싶다. 난 이 요청이 기꺼이 받아들여질 거라고 기대한다. 우리에겐 아직 서로를 향한 단어가 남아 있으니까.

✳
✳
✳

괜찮은 얼굴들

"요즘엔 좀 어때? 괜찮아?"

코로나 이후 월세 내기도 버거운 책방 사정이 궁금한지 엄마는 부쩍 안부 전화를 걸어온다. 솔직한 심정으로는 괜찮을 이유가 하나도 없지만, 나는 가족에게도 솔직하지 못한 사람이라 대충 얼버무리며 괜찮다고 말한다.

선생님은 오른 주먹의 새끼손가락만 펴서 턱 끝에 가볍게 톡톡, 두 번 두드렸다. '괜찮다'는 뜻의 수어였다. '곧 괜찮아질 거예요.' 손가락을 걸고 약속하는 의미일 거라 예상했지만 수어의 유래●는 조금 달랐다. '괜찮다'는 수어는 오른 주먹의 검지와 중지를 편 채로 턱에 가져다 대는 수어인

● 이 책에 등장하는 수어의 유래는 학생들의 이해와 암기를 돕기 위한 선생님의 설명일 뿐 공식적인 어원이라고는 할 수 없다.

'없다'에서 시작되었다. 검지와 중지 대신 새끼손가락을 덕에 댐으로써 '새끼손가락 정도는 없어도 괜찮다'는 의미로 발전한 것이라고 했다. 무시무시한 이야기처럼 들리지만 아무렇지 않게 자신의 일부를 희생하는 주인공의 서사를, 우리는 어렵지 않게 떠올릴 수 있다.

반대로 '괜찮지 않다'는 수어는 '괜찮다'는 수어(수지 기호)를 하면서 얼굴 표정(비수지 기호)으로 부정을 표현하면 된다. 수어의 부정문은 부정을 나타내는 어휘를 사용하는 경우와 얼굴 표정, 몸의 움직임 등의 비수지 기호를 사용해 표현하는 것으로 나뉜다°. 즉, 부정을 나타내는 어휘가 없더라도 '괜찮다'는 수어에 고개를 흔들거나 인상을

● 　원성옥, 「수화의 언어학적 특징」, 『새국어생활』 제23권, 제2호, 2013년 여름

찌푸리는 등의 비수지 기호가 동반되면 '괜찮지 않다'가 되는 것이다.

나는 인상을 쓰며 새끼손가락으로 턱을 두 번 두드렸다. 다른 어떤 수어보다 자신 있었다. 괜찮다고 말하면서도 실은 하나도 괜찮지 않았던 날들을 떠올리며 눈에 쌍심지를 켜고 툭툭 두드리면 그만이었다.

처음에는 정말 괜찮았다. 이렇게 길게 이어질 줄 몰랐으니까. 공공 체육시설과 사설 수영장이 차례로 문을 닫고, 여름 휴가철 바캉스를 기대할 수 없게 되자, 수영복 공장에 다니던 엄마는 일자리를 잃었다. 넉넉한 형편은 아니지만 대학생인 막내를 제외하고는 모두 일자리가 있었기에, 이대로 큰 욕심 없이 산다면 괜찮을 거라고 생각했는데. 수영 강사인 둘째와 수영복 공장에 다니던 엄마, 책방을 운영하는 나까지, 불확실함의 바다 한가운데 둥둥 떠버린 신세가 되고 말았다.

"엄마는?"
"엄마는 괜찮아."

엄마는 늘 괜찮다고 했다. 괜찮지 않은 일에는
"곧 괜찮아지겠지"했다. 이번에도 엄마는 곧 괜
찮아질 거라고 나를 다독이며 전화를 끊었다. 나
는 우리가 괜찮지 않다는 걸 알았지만 엄마의 말
을 뗏목 삼아 어떻게든 이 바다를 건너가고 싶다
고 생각했다. 그리고 궁금했다. 엄마가 수어를
배운다면, 엄마도 솔직하게 괜찮지 않다고 말할
수 있게 될까?

괜찮지 않으면서 괜찮다고 말하는 또 다른 얼굴
을 떠올렸다. 한숨도 자지 못하면서 정확한 정보
를 전달해야 하니 괜찮다고 말하던 코로나 맵의

개발자와 진한 마스크 자국을 한 얼굴로 괜찮다며 시청자를 위로하던 의료진의 얼굴들. 그리고 그 중엔 마스크를 착용하지 않은 맨 얼굴로 정부 브리핑을 전달하는 수어통역사도 있었다. 이 시대의 구명줄 같은 얼굴들이었다.

마스크를 쓰지 않는 게 맞느냐는 지적도 이해가 간다. 수어통역사의 건강을 걱정하는 말이었다고 생각한다. 하지만 지금처럼 국민의 안전을 위협하는 중대한 시기에는 누구도 정보에서 소외돼선 안 된다. 우리도 철저하게 예방 수칙을 지키고 있다.

_ 인터뷰 〈마스크 있어도 쓸 수 없는 사람들
'수어통역사'〉

코로나19 바이러스의 최초 발생지인 우한으로 파견되었던 중국 의료진들이 100일 만에 가족 곁으로 돌아왔다는 기사를 읽었다. 진료 도중 감염돼 목숨을 잃은 의료진이 적지 않았기 때문인지, 살아 돌아왔다는 안도감에 가족들 품에 안겨 눈물을 흘리고 있었다.

괜찮다는 말로 국민과 가족을 안심시키던 우리나라의 수많은 의료진도 집으로 돌아가면 실은 하나도 괜찮지 않았다고, 너무 힘들고 무서웠다며 울음을 터트릴까? 이마와 코를 짓누르던 마스크를 벗어 던지고 아이처럼 얼굴을 구기며 눈물을 흘릴까?

그들이 무사히 집으로 돌아가 가족들을 끌어안고 한바탕 눈물을 흘릴 모습을 상상하며, 나는 꼭 그랬으면 좋겠다고 생각했다.

*
*
*

수어 말고는 어느 것도
중요하지 않은 곳

미국 소설가 줌파 라히리는 피렌체 여행 도중 '번개에 맞은 듯' 이탈리아어와 사랑에 빠진다. 산문집 『이 작은 책은 언제나 나보다 크다』는 20년 동안 이탈리아어를 배우는 과정 속에서 작가가 느낀, 잡힐 듯 잡히지 않는 언어에 대한 순수한 욕망과 절절한 사랑을 담은 책이다. 무엇보다 이 책은, 모국어인 영어가 아닌 이탈리아어로 쓰였다는 점에서 지독하고 완벽한 러브 레터가 아닐 수 없다.

책 속에는 이런 문장들이 가득하다.

페이지마다 옅은 안개가 끼어 있는 듯했다.
마치 이탈리아어는 열심히 쓰지만 완성할 수 없는 책 같았다.
이탈리아어는 여전히 닫힌 창살 같았다. 난 문턱에 서서 안을 들여다보았지만 창살은 열리지 않았다.

여기까지 읽은 나는 안심하고야 만다. 서른셋에
퓰리처상을 수상한 천재 작가도 나처럼 언어를
배우며 패배감과 소외감을 느낀다니. '모르는 낱
말은 보석 같았다'는 표현에는 좀처럼 동의할 수
없지만, 어쨌든 줌파 라히리도 외국어의 숲에서
단어를 쫓다 길을 잃는다니.

나는 계속 단어를 쫓아다닌다. 그 과정을 이렇게
설명하고 싶다. 매일 나는 바구니를 손에 들고 숲
으로 들어간다. 사방에서 단어들이 보인다. 나무
위에, 덤불 속에, 땅바닥에 단어들이 있다(실은 길
을 가다가, 대화 가운데, 혹은 책을 읽다가 단어들이 보인
다). 난 가능한 많은 단어들을 모은다. (……) 하지
만 숲에서 나갈 때쯤 바구니를 보면 겨우 단어 한
줌밖에 안 된다. 단어 대부분이 사라진다. 공중으

로 증발되고 손가락 사이로 물이 빠져나가듯 줄
줄 새어나간다. 왜냐하면 바구니는 바로 기억이
고, 기억은 날 속이기도 하며 기억 안에 담긴 것을
지속시키지 못한다.

_줌파 라히리, 『이 작은 책은 언제나 나보다 크다』

줌파 라히리에게 이탈리아어를 외우는 과정이
숲에 떨어진 단어를 줍는 행위라면 내게 수어는
안개 속에서 숨은 그림을 찾는 게임 같다. 요즘
내가 시간 가는 줄 모르고 빠져 있는 〈숨겨진 유
산〉은 삼촌이 물려주신 오래된 저택, 캐슬우드
를 수리하면서 숨겨진 유물도 찾고 미스터리도
해결하는 게임이다. 여기서 내가 하는 일은 숨은
그림 찾기를 통해 모은 별로 서재를 정리하거나
벽지를 새로 바르거나 망가진 계단을 수리하는
것. 나는 캐슬우드를 제법 근사한 공간으로 복원
해 나가고 있는데, 문제는 갈수록 숨은 그림 찾

기의 난이도가 올라간다는 점이다. 내가 가장 자주 실패하는 모드는 안개가 낀 배경 속에서 실루엣만으로 숨은 그림을 찾아내는 모드인데, 이 뭉게뭉게 모드를 풀기 위해서는 두 가지의 문제 해결 능력이 필요하다. 하나는 내가 찾아야만 하는 그림의 정체를 실루엣만으로 알아채는 것이고, 다른 하나는 안개로 뒤덮인 배경에서 숨은 그림을 찾아내는 것이다.

이건 마치 텍스트도, 영상 자료도 없이 선생님의 수어를 오로지 눈으로만 보고 기억해야 하는 것과 비슷하다. 안개 낀 기억 저편에서 어제 배운 단어를 찾아내야 하기 때문이다. 간신히 실루엣을 찾아내더라도 그 실루엣이 어떤 단어였는지 알아내는 건 꽤 어려운 일이다. 뭉게뭉게 모드를 실패할 때마다 캐슬우드의 집사인 칼은 이렇게 말한다.

"실패할수록 성공과 가까워지죠."

나는 수어를 배우는 동안 너무 많이 실패하고 드물게 뿌듯해하며 집으로 돌아온다. 그럼에도 매일 아침 무거운 몸을 간신히 일으켜 수어학원으로 향하는 이유는, 다른 생각이 끼어들 틈도 없이 선생님의 손짓과 표정만을 따라가는 2시간이 내게는 새로운 차원의 피난처이기 때문이다. '나 자신이 그리 바보 같다 느껴지지 않는 차원'의, 수어 말고는 그 어느 것도 중요하지 않은 곳이 매일 아침 날 기다리고 있다.

나는 이 여정이 좋았다. 내 삶의 나머지를 등 뒤에 남겨둔 채 집을 나섰다. 작품 집필은 생각하지 않았다. 몇 시간 동안 나는 내가 아는 언어들을 잊었다. 매번 작은 도주를 하는 것 같았다. 오직 이탈리아어 하나만 중요한 곳이 날 기다리고 있었다. 새로운 현실이 펼쳐지는 나의 피난처였다.

우리는 침묵을 예의로 여겼다. 선생님은 농인이고, 적어도 수업시간에 선생님이 모르는 대화는 없어야 한다고 생각했다. 누군가 규칙을 정한 것도 아닌데 우리는 그래야 한다고 믿고 있었다. 어쩌면 배려는 학습이 아니라 함께하는 시간 속에서 자연스럽게 생겨나는 마음이 아닐까 하고, 수어가 만들어낸 고요함의 물결 속에서 나는 작게 웃음 짓곤 했다.

그렇다면 아는 수어라곤 단어 몇 개가 전부인 나는 어떻게 농인 선생님의 수업을 이해할 수 있을까? 이건 수업을 듣지 않고서는 절대 알 수 없다. 비밀이라는 뜻이 아니라 선생님을 바라보기만 하면 누구라도 그의 설명을 이해할 수 있기 때문이다. 선생님의 표현력은 백 마디 말보다 풍성하고 입체적이다. '조난'이라는 단어를 설명할 때, 산에서 발을 헛디뎌 다리를 다친 선생님이 헬기에서 내려오는 밧줄에 매달려 유유히 구조되는 장면이 눈앞에 펼쳐진다. 김치찌개를 설명할 때 우리가 냉장고를 열어 김치를 꺼낸다면, 선생님은 밭에서 배추부터 뽑는다. 생생한 표현력. 영상보다, 글보다 선생님의 표현만큼 수어를 선명하게 보여줄 교재는 없다.

스무 해 동안 이탈리아어의 기슭만을 맴돌던 줌파 라히리는 마침내 로마로의 이주를 결정한다. 모국어라는 구명대 없이 이탈리아어에 풍덩 빠지고 싶었기 때문이다. 그녀는 대서양을 건너 로마로 향하는 이 횡단이 자기 인생의 진정한 첫출발이 될 것임을 직감한다.

　나는 장비를 제대로 갖추지 않고 산을 오르는 것

같다. 살아남기 위한 문학적 노력이다. 난 이탈리아어로 나 자신을 표현할 단어를 많이 알지 못한다. 일종의 결핍 상태라고 생각한다. 하지만 동시에 난 자유롭고 가벼운 느낌이다.

_줌파 라히리, 『이 작은 책은 언제나 나보다 크다』

이제 막 입문을 마친 나의 수어는 아마 왼손으로 처음 연필을 쥔 사람의 글씨처럼 엉망일 것이다. 하고 싶은 말도, 나누고 싶은 말도 많지만 나는 조급해하지 않기로 했다. 이탈리아어로 쓴 첫 단편 소설의 거의 모든 문장을 수정해야 했음에도 배우기를 멈추지 않았던 줌파 라히리의 말대로, 나는 실수투성이지만 '정확히 말해 출발점에 서 있는 건 아니니까.'

✳
✳
✳

머나먼 섬들의 지도

연푸른 대양 한가운데에는 모국과 멀리 떨어져 있어 그 나라의 지도 안에 들어가지 못하는 섬들이 여럿 있다. 이런 섬들은 별도의 작은 상자 안에 들어가 본토의 각주 취급을 받으며 없어도 되는 곳으로 간주된다.

1년 내내 비가 내리는 매쿼리 섬은 온통 펭귄 떼로 뒤덮여 있고, '외로움'이라는 뜻의 엔솜헤덴 섬에는 그 이름처럼 아무도 살지 않는다. 얼음으로 뒤덮인 페테르 1세 섬은 그 섬에 들어간 사람보다 달에 착륙한 사람이 더 많을 정도로 정박하기 힘든 환경이며, 푸카푸카 섬에선 인간들이 태초의 모습으로 살아간다.

『머나먼 섬들의 지도』에는 너무나 작아서, 혹은 너무 외진 곳에 있어서 지도 밖으로 쫓겨나기 일쑤였던 50개의 섬과 섬이 간직한 이야기가 담겨 있다. 간 적 없고, 앞으로도 가지 않을 곳이라고 생각하면 나와는 상관없는 섬이 되어버리지만, 나 자신을 불확실함의 망망대해를 표류하는 작은 돛단배라고 생각하면 각각의 섬에 닻을 내리는 심정으로 읽게 된다.

나의 10대를 수놓은 본격 해적 만화 〈원피스〉에도 기상천외한 섬이 대거 등장한다. 눈으로 뒤덮인 의료 강국 드럼 섬, 사막 한가운데 세워진 알라바스타 왕국, 그림자를 빼앗긴 좀비들이 사는 스릴러 바크와 금남의 여인국 아마존 릴리까지. 선장인 루피를 필두로 한 밀짚모자 해적단은 각자의 목표를 이루기 위해 미지의 섬을 탐험한다. 동료를 잃기도 하고 좌절을 맛보기도 하면서 육체적·정신적으로 성장해나간다.

'너, 내 동료가 되라'는 밈이 만들어질 정도니 루피의 동료가 되고 싶었던 게 나뿐만은 아닌 것 같지만 시도해본 적 없는 일 앞에서 용기가 나지 않을 때, 언어든 운동이든 직장이든 새로운 분야에 첫발을 내디딜 때, 미지의 섬을 탐험하는 밀짚모자 일당이 되었다고 상상하면, 부끄럽지만 두려움을 극복하는 데 도움이 된다.

처음 농아인 협회 건물 앞에 선 그날도 나는 수어학원을 하나의 섬이라 생각하기로 했다. 수어를 모국어로 사용하는 사람들이 일하고 공부하고 먹고 놀기도 하는, 언어와 문화와 생활방식이 완벽하게 독립적인 섬. 그리고 얼마 지나지 않아 인구의 절반 이상이 농인인 섬이, 그래서 제1의 언어가 수어인 섬이 실제로 존재한다는 사실을 알게 되었다.

미국 매사추세츠 주의 남동부에 위치한 마서즈비니어드 섬에는 17세기부터 20세기 초까지 유전적으로 청각장애인이 많았다. 1640년대 청각장애의 열성유전자를 보유한 영국의 한 가정이 마서즈 비니어드 섬으로 이주해 정착했는데, 섬이라는 지형적 특성상 200여 년 동안 근친결혼이 빈번히 이루어지면서 청각장애 유전자가 널리 퍼진 것이 이유였다.

인구의 절반이 청각장애를 가지고 태어나는 마서즈 비니어드 섬에선 자연스럽게 수어가 제1의 언어가 되었으며, 정치·문화·직업·종교·사회·여가 등 모든 분야에서 농인과 청인이 완전한 통합을 이루게 된다. 이곳에서 농인이 어떤 식으로든 소외되는 일은 일어나지 않았다.

마서즈 비니어드 섬에서는 듣지 못하고 말하지 못하는 것은 현재 우리가 의미하는 '장애'로 인식되지 않았고, 어떠한 편견도 채색되지 않은 '사실'

만을 표현할 뿐이었다.

_노라 엘렌 그로스, 『마서즈 비니어드 섬
사람들은 수화로 말한다』

수어학원은 누구에게나 열려 있지만 수어를 배우고 농인과 소통하기 위해서는 '농문화'를 알아야만 한다. 언어에는 언어가 속한 사회의 문화와 역사가 반영되어 있어 이를 배제한 채 언어를 이해한다는 건 불가능한 일이기 때문이다. 매 수업 시간마다 수어와 농문화 교육이 함께 진행되는 이유이기도 하다.

농인은 걸으며 자주 뒤를 돌아본다는 것, 농인과 대화할 때는 상대방의 얼굴과 눈을 바라봐야 한다는 것, 청각장애가 있어도 운전면허를 취득할 수 있는 건 물론이고 운전 시 시야가 건청인에 비해 1.5배 넓다는 것, 농인은 한국어로 문장을 짓는 데에 어려움을 느끼는데 그건 수어의 문법과 한국어의 문법이 다르기 때문이라는 것, 강의나 행사 등 다수의 농인을 집중시킬 때는 불을 끄면 된다는 것. 낯선 섬에 서서히 정착하듯 '소리 없음'에서 비롯된 농인의 문화적 특수성을 배워나가고 있다.

하지만 내가 접할 수 있는 농문화는 수어학원이 전부였다. 수어에 관한 연구 논문과 도서 몇 권이 농사회와 농문화를 전부 말해주지는 않았다. 미국과 달리 우리나라에선 농인에 대한 연구가 활발히 이루어지지 않기 때문이다. 더 많은 청인이 농문화를 '수어를 사용하는 사람들의 고유한 문화'라고 인식하고 이해하기 위해서는 삶의 곳곳에서 농인의 목소리를 담은 다양한 콘텐츠가 필요하다.

실제로 모국에서 멀리 떨어져 있어 그 나라의 지도 안에 들어가지 못하는 섬들이 여럿 있다. 보통 이런 섬들은 중요하게 여겨지지 않는다. 이 섬들은 별도의 작은 상자에 들어가 지도의 가장자리로 밀려나 버리기 일쑤다. 그나마 섬의 고유 축척은 함께 표기되지만, 실제로 이 섬이 어디에 있는지는 도무지 알 길이 없다. 이 섬들은 본토의 각주 취급을 받고, 없어도 별 상관없는 곳으로 간주된다. 그렇지만 훨씬 흥미로운 곳이기도 하다.

_유디트 샬란스키, 『머나먼 섬들의 지도』

세상에는 내가 알지 못하는 너무나 많은 섬들이 지도의 가장자리로 밀려나 있을 것이다. 수어를 배우기 전 내게 농사회가 없어도 별 상관없는, 내가 그려온 삶의 지도 바깥에 존재하는 머나먼 섬이었던 것처럼 말이다. 다만 스스로 고립시키지만 않는다면 우리는 충분히 서로의 섬에 닻을 내릴 수 있다.

이제야 막 미지의 땅에 발을 내디딘 내가 농세계라는 섬을 모두 돌아본 후에 그려질 지도는 어떤 모양일까? 이후에는 또 어디로 항해하게 될까? 앞으로 내가 완성해 나갈 머나먼 섬들의 지도가 궁금하다.

✳
✳
✳

왜 내가 그걸 원할 거라고
생각하죠?

남편과 함께 걸을 때마다 듣는 말이 있다.

"고개 들고 걸어야지. 앞에 봐. 앞에!"

길을 걸을 때 나는 이상하리만치 시야가 좁아진다. 그래서 남편은 겨우 2,3미터 앞의 땅만 보고 걷는 나의 옷소매를, 차가 오거나 고양이를 발견하거나 새로운 가게가 문을 열었다는 이유로 끌어당긴다. 산책이란 자고로 발이 이끄는 대로 걷다가 우연히 마주친 풍경에 마음이 시큰해지기도 하고, 자꾸 들여다보고 싶은 장면 앞에서 마음껏 능장을 부려도 죄책감을 느끼지 않는 유일한 시간이어야 하거늘. 한눈을 팔지 않는 나의 산책은, 그래서 산책이라기엔 어딘가 일방적인 구석이 있다.

그건 아마도 내가 너무 많은 생각을 하면서 걷기

때문일 것이다. 옆 사람의 존재도 잊어버릴 만큼 머릿속 가득한 생각에 사로잡혀 주변으로 눈을 돌리거나 들려오는 소리에 귀 기울이지 못한다. 물론 걷는 내내 유의미한 생각, 말하자면 삶과 문장을 갈고닦을 수 있는 생각만 하는 건 아니다. 나열하기에 민망할 정도로 사소한 고민들, 겨우 먼 데로 갔다가 금세 다시 '나'로 돌아오는, 고작 나만 지키려는 생각들일 때가 많다.

최근 산책길에선 장애 앞에서 가져야 할 태도에 대해 자주 생각했다. 아직은 비장애인인 내가 언젠가 갖게 될지도 모를, 혹은 늙어감에 따라 필연적으로 갖게 될 장애에 대해서 말이다. 나는 아무렇지 않을 수 있을까? 많이 상상해본 만큼 조금의 좌절도 없이 나의, 혹은 사랑하는 사람의 장애를 받아들일 수 있을까?

여기까지 생각하다 팔목을 잡는 남편의 손에 이

끌려 나는 다시 현재로 돌아온다. "차 와. 차!"라며 나의 안전을 위해 신경을 곤두세운 남편의 얼굴을 보며 나는 궁금해진다. 너도 나처럼 이런 생각을 하는지. 우리가 갖게 될지도 모를 장애를 상상하곤 하는지.

처음에는 내가 보는 것과 한민이 보는 것이 다르고 한민이 듣는 소리를 나는 못 듣는데 서로를 이해할 수 있을까 걱정하기도 했다. 그러다가 마르첼로를 보면 걱정이 눈 녹듯이 사라졌다. 마르첼로가 듣고 보고 냄새 맡는 세상을 나는 상상도 할수가 없다.

_ 정은, 『산책을 듣는 시간』

『산책을 듣는 시간』은 청각장애가 있는 수지와 시각장애가 있는 한민, 그리고 그의 안내견 마르첼로가 각자의 보폭으로 침묵의 세계와 흑백의 세계를 오가며 서로를 이해해 나가는 과정을 그린다.

수지는 소리가 들리지 않는 걸 불편하다거나 불행하다고 느낀 적이 없었지만, 수지의 엄마는 수지가 수어를 바탕으로 한 농인들의 고유하고 긴밀한 관계 속으로 들어가는 것을 바라지 않는다. 두개골을 절개하는 큰 수술을 받아서라도, 평생 머리와 귀에 임플란트 장치를 달고서라도 수지가 청인의 사회에 속해 살아가기를 바란다. 청각장애를 가진 자녀를 둔 모든 부모가 자녀에게 수어를 가르치는 것은 아니다. 청각장애는 '보이지 않는 장애'● 이기 때문에 자녀가 음성언어를 사용함으로써 청사회에 속하기를 바라는 부모의

● 겉으로 잘 드러나지 않는, 당사자가 알리지 않으면 알기 어려운 장애

경우 수어 대신 구화를 가르친다.

엄마의 강요로 인공 와우 수술*을 받은 수지는 이전의 고요를 되찾고 싶어 한다. 인공 와우를 통해 들려오는 소리는 수지가 상상하던 소리와 완전히 다르기 때문이다. 소리라기보단 타격에 가까운 소음. 이게 소리라면 듣지 않는 편이 낫다고, 불완전한 소리의 세계보단 완전한 고요 속에서 살고 싶다고 수지는 생각한다.

"색을 볼 수 있는 안경이 있다면 넌 그걸 쓰고 다닐 것 같아?"

"아니."

"꿈에서는? 꿈에서라도 볼 수 있으면 좋겠어?"

"아니. 하지만 꿈에서는 가끔 색을 봐. 기억 어딘

● 기능을 잃어버린 달팽이관을 대신해 뇌 속의 신경세포를 전기 신호로 직접 자극해 소리의 감각을 전달하는 임플란트 장치를 다는 수술

가에 남아 있나 봐."

"나도 그래. 꿈에서는 소리를 들어, 부끄러워서 그 동안은 아무한테도 얘길 안 했는데."

"그게 부끄러운 일인가?"

"나는 소리를 못 들어도 전혀 상관없다고 말해 왔는데, 꿈에서 소릴 들으면 그건 왠지 내가 은밀히 그걸 바라는 것 같잖아."

"나는 꿈에서 색이 보이면 이렇게 외쳐. 왜 내가 그걸 원할 거라고 생각하죠? 이걸 열 번씩 외쳐."

_ 정은,『산책을 듣는 시간』

왜 내가 그걸 원할 거라고 생각하죠?
모든 청각장애인이 수술을 감당하면서까지 듣기를 희망하는 건 아니라는 것, 수술을 받은 사람 모두가 소리에 만족하는 건 아니라는 것, 장애를 치료하거나 제거하는 방식으로 당사자가 원하지 않는 해결책을 강요하는 것 또한 차별이라는 것. 내가 속한 사회의 값을 기준으로 그보다 덜하거나 더하면 완전하지 못할 거라 생각했는데, 한민과 수지가 걷는 산책길은 그 자체로 완전한 세상이었다. 불완전한 건 나의 인식 수준이었다. 오디즘AUDISM [*]은 선량한 얼굴을 하고 내 안에 숨어 있었다.

잠들기 전 남편이 찍은 사진을 본다. 땅만 보며 걷는 나를 지키느라 곁눈질로 바라보았을 게 분명한 세상을, 존재하지만 존재하는지도 모른 채 내가 지나친 순간을 그의 시선을 빌려 감상한다. 어느 사진엔 웃음을 터트리기도 하고, 어느 풍경엔 감탄하기도 하면서. 내가 놓친 시간을 다시 불러와 재생한다.

나는 먼저 잠든 남편의 다리에 내 다리를 꼭 붙

---

[*] 청각중심주의, 청인우월주의, 청인우선주의, 음성언어주의

이고선 짐작한다. 그도 내가 안전하길 바라는 만큼 우리가 갖게 될지 모를 장애를 상상할 거라고. 누군가를 지키려는 마음은 '만약'이라는 상상에 등을 맞대고 서 있는 거니까. 그러곤 약속한다. 우리는 필연적으로 늙고 병들어 갈 거라고, 그러니 사람은 누구나 한번은 약자가 된다는 사실을 잊지 말자고. 우리는 아마 지금처럼 같은 길을 걸으면서 다른 장면을 볼 테지만, 마음속에 같은 질문을 품고 살아가자고 말이다.

✳
✳
✳

반짝이는 박수 소리

사진과 축구를 좋아하던 소년이 있었다. 달리기에 재능이 있는 소녀가 있었다. (……) 그렇게 그둘은 만나 사랑에 빠졌다. 입술 대신 손으로 사랑을 속삭이는 일은 그 표정만큼이나 매우 솔직한것이어서 둘은 금방 아이를 갖게 되었다. 첫째 아이는 자신과 부모를 설명하기 위해 다큐멘터리를찍겠다고, 둘째 아이는 맛있는 커피를 내리겠다고 엄마 아빠에게 선언한 것은 그로부터 몇십 년후의 이야기다.

_ 다큐멘터리 〈반짝이는 박수 소리〉

이길보라에게 수어는 제1의 언어다. 입술 대신손으로 옹알이를 하며 농인 부모의 언어인 수어를 모어로 습득했고, 제2의 언어인 음성언어는세상으로부터 배웠다. 농세계와 청세계의 언어를 모두 구사할 줄 알았던 이길보라는 말문이 트일 때부터 농인 부모와 청인을 이어주는 통역관이 되어야 했다. 부모 대신 은행에 전화해 빚이 얼마가 남았고, 대출이 얼마까지 가능한지, 혹은 월세와 전세가 얼마인지를 물어야 하는 일은 또래 아이들보다 빨리 철이 들게 했다.

주변의 시선도 한몫했다. 장애를 가진 부모를 둔 자녀는 착하게 살아야 한다는 말이 꼬리표처럼 따라붙었다. 한국 사회에서 장애란 동정과 연민의 대상이며 동시에 차별과 혐오의 대상이라는 걸 알게 된 이길보라는 일찍 어른이 될 수밖에 없었다.

'나는 그냥 보라이고 싶어.'

나 역시 그 누구도 아닌, 농인 길경희와 농인 이상국의 첫째 딸이 아닌, 그저 '보라'이고 싶었다. 언제 어디서나 우리 부모님이 듣지 못한다는 걸 가장 먼저 말해야 하는 일, 주눅 들지 않고 밝고 씩씩한 표정으로 지내야 하는 일, 혹시라도 누가 우리를 부정과 연민의 시선으로 바라보면 부모님보다 먼저 그것을 알아채는 일, 누가 기분 나쁜 말을 던지면 그것을 통역하지 않고 내 선에서 걸러내는 일, 그러나 그것에 대해 절대로 화를 내거나 울음을 터트리지 않는 일, 부모님께는 절대로 세상의 부정적인 소리와 나쁜 말을 전달하지 않는 일. 나는 그 모든 것에서 벗어나고 싶었다. 엄마, 아빠의 세상을 사랑했지만 홀로 짊어지기에 그것들은 너무 무거웠다. 장애의 유무와는 상관없이, 세상의 편견과는 아무 상관없이 그저 '나'이고 싶었다.

_ 이길보라,『반짝이는 박수 소리』

농사회와 청사회를 오가며 자신의 정체성과 싸우던 이길보라는 자신처럼 농인 부모에게서 태어나 자란 청인을 코다CODA, Children Of Deaf Adults라고 부른다는 사실을 알게 된다. 그리고 안도한다. '코다'라는 단어가 있다는 건 나와 같은 삶을 살아온 사람이 또 존재한다는 뜻이니까. 농인 부모의 자녀로 살면서 겪은 혼란이 나 혼자만의 경험이 아니라, 이 세상에 나를 이해해줄 사람이 있다는 의미이기 때문이다. 코다라는 단어를 알기 전 이길보라에겐 자신의 아픔과 슬픔이 홀로 감당해야 하는 일처럼 느껴졌을 것이다. 코다 토크 콘서트에서 한국의 여러 코다를 만난 이길보라는 자신의 조각이기도 한 다른 코다의 조각을 맞추어가며 자신의 세계를 완성해 나간다.

> 그때부터 나는 내가 겪은 일련의 경험들이 하나의 이야기, 하나의 세계를 이룰 수 있다는 것을 깨달았다.
>
> _ 이길보라, 『반짝이는 박수 소리』

언젠가 타히티인에게는 '슬픔'을 표현해줄 단어가 없다는 글을 읽은 적이 있다. 아픔과 곤란, 피곤, 시큰둥함을 모두 '독감에 걸렸을 때 느끼는 피로' 정도로 해석되는 '페아페아'라는 단어로만 표현한다고 했다. 바로 그 이유 때문에 지상 낙원이라 불리는 타히티 섬 원주민들의 자살률이 높다는 글이었다. 분명 슬픔을 느끼지만 그것을 표현할 말이 없다는 건, 구체적으로 위로해줄 수도, 공감해줄 수도 없기 때문이다.

우리는 때때로 내가 겪은 일을 공유하고 공감을 얻는 것만으로 견딜 만해지는 경험을 한다. 어린 이길보라에게 필요했던 건 동정과 연민의 눈길이나 착한 아이라는 칭찬의 말이 아닌, 자신과 같은 사람을 정의해 주고 경험을 연대할 또 다른 코다였는지도 모른다.

코다는 영어 'Children Of Deaf Adults'의 약자다. 이는 코다를 대체할 한국어가 아직 없다는 의미이기도 하다. 이길보라는 자신의 정체성을 깨달은 이후, 한국의 코다는 어떤 환경 속에서 자라고 어떤 성향을 보이는지 더 자세히 알고 싶어 한다. 하지만 농문화 연구도 제대로 이루어지지 않은 한국 사회에서 농인의 자녀인 코다에 대한 자료를 찾기란 어려운 일이었다. '농' 자체를 문화로 바라보는 시각이 없기 때문에 아무도 그것에 관해 장애 이상으로 접근하지 않기 때문이다.

다큐멘터리 〈반짝이는 박수 소리〉는 그렇게 만들어졌다. 농사회의 고유한 문화를 자리매김하기 위해서는 농인이 어떻게 사는지를 먼저 알려 줘야 할 것 같아서, 이길보라는 자신의 가족을 카메라에 담았다. 수어가 공식 언어임을 인정받아 농인이 농인의 언어로 교육받을 수 있는 권리를 확보할 수 있기를, 농인도 자신이 원하는 학교로 진학해 공부하고 꿈꿀 수 있기를, 미국의 갤로뎃 대학처럼 농 연구가 활발히 이루어져

'농'을 문화의 한 영역으로 부를 수 있기를, 그래서 농인으로서 받는 모든 차별과 혐오에서 벗어날 수 있기를 바라는 마음을 담아.

다큐멘터리에는 농인인 이상국, 길경희와 그들에게서 태어나 자란 청인 자녀 이길보라와 이광희, 네 식구가 장을 보고 밥을 먹고 대화를 나누고 노래방에 가는 일상적인 풍경이 담겨 있다. 동시에 이길보라는 부모가 속한 농사회가 얼마나 완전하고 견고한지 보여주는 것도 놓치지 않는다. 나아가 농문화의 아름다움을 손과 입으로 풀어낸다.

이길보라 : 내가 왜 엄마, 아빠를 찍는 것 같아?
길경희(엄마) : 엄마, 아빠의 청각장애인 문화를 다른 사람에게 보여주고 싶다고 생각해서. 우리가 청각장애인이지만 잘 사는 걸 보여 줬을 때, 들

리지 않는 게 불쌍한 게 아니고 잘 살 수 있다는 걸 알려주고 싶어서, 자존감을 높이기 위해서 만드는 것 같아.

_ 다큐멘터리 〈반짝이는 박수 소리〉

하얀 손이 햇살 아래에서 곧고 깨끗하게 움직인다. 뒤이어 두 손이 허공에서 반짝인다. 소리가 없는 세계에서 '박수'는 손뼉을 치는 대신 양손을 올려 별처럼 반짝이는 동작으로 표현한다. 반짝반짝. 박수 소리가 반짝인다. 화면 가득 소리 없이 반짝이는 박수를 보고 있으니 어쩐지 환대받는 기분이 들었다. 어서 오라고, 기다렸다고. 농세계엔 이런 반짝이는 언어가 있다고. 우리의 삶도 당신의 삶처럼 반짝인다고.

그러면 나는 화답하듯 손을 들어 올린다. 반짝반짝. 손에서 박수 소리가 반짝인다.

자립의 모양

어른보다는 그냥 대학생이나 되고 싶었던 10대의 이미화도 가끔 그런 생각을 했다. 나는 커서 어떤 어른이 될까?

집 말고는 갈 데가 없던 10대의 내가 그리는 어른은 거처를 직접 선택할 수 있는 사람이었다. 혼자 살지, 부모와 살지 선택할 자유가 있는 사람. 부모의 도움 없이 '자립'할 수 있는 사람 말이다. 그래서 전세든 월세든, 옥탑방이든 지하든 상관없으니 지낼 곳을 스스로 선택할 수 있는 자유를 가진 어른이 되고 싶었다(물론 30대의 빼박 어른 이미화는 전세인지 월세인지가 매우 상관이 있고, 자유가 있어도 원하는 집에 살 수 있는 건 아니라는 걸 너무 잘 알고 있지만).

남에게 예속되거나 의지하지 않고 스스로 선다는 뜻의 '자립'은 수어로도 뜻을 유추할 수 있다. 오른손 검지로 명치를 스쳐 올려 세운 다음, 손바닥이 위로 향하게 편 왼 손바닥에 오른손의 검지와 중지로 V자 형태를 만든 뒤 거꾸로 올려 세운다. 왼 손바닥을 땅, 오른손의 검지와 중지를 다리라고 했을 때, 땅 위에 서 있는 사람의 모습을 연상할 수 있다.

여기서 중요한 건 다리가 후들거리지 않게 검지와 중지를 단단하게 펴고 서는 것이다. 누구의 도움도 필요 없다는 듯이 당당하게!

그런데 정말 그럴까? 아무런 도움도 받지 않고 스스로 살아가는 것이 자립일까? 부모와 따로 살며 경제적 도움을 전혀 받지 않는 나는 자립한 인간일까? 그렇다고 힘주어 고개를 끄덕이기엔 내게 도움을 주고 또 내가 의지하는 수많은 얼굴이 떠오른다. 휘청거리고 삐끗하고 헛발질을 할 때마다 내가 넘어지지 않도록 나를 지탱해주고 있는 사람들 말이다. 다수의 구성원과 관계 맺고 사는 사회에서 누구의 도움도 받지 않고 살아가는 것이 가능하긴 한 걸까?

동생은 18년간을 시설에 살았습니다. 동생은 어느새 서른이 되었지만 아직도 아이처럼 '어른이 되면'이라는 말을 입에 달고 지냅니다. 하고 싶은 것을 못하게 할 때마다 많은 사람들로부터 '어른이 되면 할 수 있다'는 이야기를 들었기 때문입니다. 아마도 그런 이야기를 한 사람들은 동생이 '어른'이 될 수 있다고 생각지 않았을 것입니다.

그러나 저는 동생은 '어른'이 될 수 있다고 믿습니다. 나이만 훌쩍 먹어버린 '몸만 어른인 아이'가 아니라, 세상 속에 자립하는 어른이 될 수 있다고 믿습니다.

_장혜영, 『어른이 되면』

〈어른이 되면〉 프로젝트는 21대 국회의원이자

다큐멘터리 영화감독인 장혜영 의원과 발달장애를 가진 동생 혜정 씨가 시설이 아닌 사회에서 자리를 찾아가는 과정을 영상으로 기록하고 사람들과 공유하기 위해 시작되었다. 장애인이 사회에서 격리되지 말아야 할 이유를, 장애인이 우리 옆에 있어도 아무 일도 일어나지 않는다는 걸 알려주기 위해서였다.

다큐멘터리는 18년간이나 시설에서 자신이 선택한 적 없는 삶을 살아온 동생 혜정 씨가 세상으로 나와 진정한 어른이 되는 모습을 보여준다. 그 과정에는 혜정 씨가 자유의지를 가지고 일상의 사소한 부분까지 직접 선택해 생활 패턴을 만들어가는 장면도 있지만, 보호자가 발달장애인과 24시간 함께하지 않아도 생활이 가능하도록 정부에서 제공하는 지원 정책을 찾고 현실적으로 도움을 받을 수 있는 방법을 모색하는 장면도 있다.

혜정 씨에게 도움은 시설 안에서도 필요하지만 시설 밖에서 더 설실하다. 제도적 도움 없이 혜정 씨가 비장애인 중심 사회에서 무리 없이 적응해 살아가기란 어렵기 때문이다. 그렇다면 도움과 지원이 필수적인 혜정 씨는, 그리고 혜정 씨를 포함한 장애인은 영원히 자립할 수 없는 걸까?

장혜영 의원은 이렇게 말한다. "자립은 누구의 도움도 없이 혼자서 모든 것을 해낼 수 있게 되는 것이 아니라, 다양한 사람들의 도움과 보살핌 속에서 세상에 다시없는 존재로서 자기다움을 위한 여행을 계속하는 것"이라고. 그러니까 자립은 스스로 자신의 자리를 찾아가고 선택하는 것이지, '도움'의 유무로 결정되는 것은 아니라고 말이다.

시설을 나온 후 혜정 씨에게 가장 큰 변화는 선택권이 주어졌다는 점이다. 원하는 것과 원하지 않는 것의 의사 표현을 할 수 있게 되었고, 말 많은 둘째 언니(장혜영)가 높은 확률로 요구사항을 들어주지 않더라도 그럴 때마다 "왜?"냐고 물을 수 있게 되었다. 혜정 씨는 내가 원하는 걸 모두 얻을 수는 없다는 사실에 좌절하기도 하지만, 선택할 자유가 있고 때론 그 선택으로 괴로워하기도 하면서 자신의 자리를 찾아간다.

자립을 위해 사회에서 제공해야 할 것은 다양한 선택지다. 입국이 거부된 나라로는 여행을 떠날 수 없는 것처럼, 내게 허용된 자리가 없거나 제한적이라면 내 자리를 찾을 수 없다. 직업도 마찬가지다. 청각장애인 기사가 운전하는 '고요한 택시'는 청각장애인의 자립을 돕기 위해 만들어진 서비스다. 우리나라 도로교통법상 대형면허 또는 특수면허를 제외한 1종 보통과 2종 보통은 청력과 무관하게 취득이 가능하다. 즉, 청각장애인도 당연히 운전면허를 딸 수 있고, 택시 운전도 가능하다는 얘기다. 고요한 택시의 기사가 되기 위해서는 택시 회사와 면접을 보고 운전정밀 검사, 택시운전 자격면허 시험에 합격하면 된다. 면허를 취득하고 교육을 받으면 청각장애인 누구나 택시 운전기사가 될 수 있다.

고요한 택시의 1호 여성 기사인 신연옥 씨는 3년 동안 무사고 운전을 하는 게 목표이며, 그 후엔 버스 기사에도 도전해보고 싶다고 말했다. 신연옥 씨에겐 택시 기사라는 직업과 동시에 버스 기사라는 선택지가 생긴 셈이다.

〈어른이 되면〉은 혜정 씨의 자립을 돕는 이야기이면서 동시에 장혜영 의원의 자립을 다룬 이야기이기도 하다. 장혜영 스스로 혜정 씨의 옆에 서기를 선택했고, 그제야 사라져버린 자신의 일부를 되찾았기 때문이다.

서 있는 곳이 다르면 보이는 것이 달라진다. 사무실이 아닌 택시로 자리를 옮긴 신연옥 씨에게, 시설 밖으로 나온 혜정 씨에게 달리 보이는 건 창밖 풍경만이 아니다. 그건 아마도 미래의 내 모습, 버스 운전을 하거나 새로운 직업을 갖게 될지도 모를 내 모습이다. '어쩌면?' 하고 구름처럼 두둥실 미래를 떠올려보는 것, 3년 후나 5년 후를 계획해보는 것, 앞으로 내게 올 자리를 예상해보는 것이 자립의 다음 장면일 테다.

갖고 싶은 게 있습니다. 미래를 갖고 싶습니다. 죽어라 노력해서 나만 겨우 살아남는 미래가 아니라 모두가 함께 무사히 할머니 할아버지가 되어 가는 미래를 갖고 싶습니다. 장애인이니까, 가난하니까, 못 배웠으니까, 부모를 잘못 만났으니까, 운이 없으니까. 불행해져도 어쩔 수 없다고 말하지 않는 미래를 갖고 싶습니다. 평범한 일상과 존

엄한 삶이 건강하고 똑똑하며 부유한 사람들에게
만 수어지는 특권이 아니라 가난하고 병들고 장
애가 있고 배우지 못한 사람들에게도 평등하게
보장되는 미래를 갖고 싶습니다.

_ 장혜영 의원이 정치의 시작을 알리는 글에서

10대의 이미화가 바라던 대로 나는 자립한 어른
이 되었다. 몇 번의 창밖 풍경이 바뀌었고, 지금
의 나는 이곳에 서 있기를 선택했다. 조금은 후
들거리는 두 다리로, 내가 선택한 이 자리에 서
서 달라진 삶의 풍경을 바라본다. 그리고 두둥실
미래를 떠올려본다. 모두가 함께 무사히 할머니,
할아버지가 되어가는 미래를.

※
※
※

자막의 장벽

"자막의 장벽을, 1인치 정도 되는 그 장벽을 뛰어
넘으면 여러분들이 훨씬 더 많은 영화를 즐길 수
있습니다."

1인치 자막의 장벽. 봉준호 감독이 골든글로브
시상식에서 비영어권 영화에 배타적인 할리우
드를 향해 던진 수상 소감이다. 예술성 있고 지
루한 영화라 평가받는 '자막 영화'의 장벽을 부
순 장본인으로서 할 수 있는 품위 있는 일침이라
며 사람들은 환호했다. 하지만 뛰어넘어야 할 자
막의 장벽이 할리우드에만 존재하는 건 아니다.

장애인 인권단체 '장애의 벽을 허무는 사람들
(장애벽허물기)'은 미국 아카데미 시상식 이후 영
화 〈기생충〉의 재개봉에서 청각장애인을 위한
자막이 제공되지 않는 것과 관련해 차별 진정을
제기했다. 영화가 처음 개봉되었을 당시에는 일

부 극장에서 주 2회 한시적으로 자막을 제공하기도 했으나, 재개봉에서는 자막이 제공되지 않았던 것이다. 한국에 거주하는 외국인을 위한 영어 자막은 제공되었음에도 말이다.

이런 차별은 유튜브에서도 자주 발생한다. 해외 구독자를 위한 영어 자막은 있어도 청각장애인을 위한 한글 자막은 없는 경우가 그렇다. 유튜브 영상에 자동으로 제공되는 자막 서비스가 있지만, 이 TTL 기술은 정확한 자막 구현에 한계가 있다. 농인 유튜버 하개월은 청각장애를 가지고 살아오면서 겪은 편견과 경험을 녹여낸 자신의 책 『나는 당신의 목소리를 읽어요』에서 보고 싶은 유튜브 영상에 "청각장애가 있어서 그러는데, 혹시 자막을 달아줄 수 있나요?"라고 댓글을 달면 "점 3개를 누르면 자동 자막이 나와요"라는 답변이 달린다고 했다.

나에게는 아무런 불편함이 없는 구조물이나 제도
가 누군가에게는 장벽이 되는 바로 그때, 우리는
자신이 누리는 특권을 발견할 수 있다.

_ 김지혜,『선량한 차별주의자』

'장애의 벽을 허무는 사람들'이 진정서를 제출했
을 때에도 비슷한 반응이 있었다. 네이버 시리즈
온에서 '가치봄영화'라는 시청각장애인용 영화
가 제공되고 있으니 인터넷으로 감상하라는 친
절한 댓글이 이어졌다. 선량한 차별주의자. 김지
혜 교수가 말한 "자신이 누리는 특권을 눈치 채
지 못하는 사람"들이었다. 영화관에서 커다란
스크린으로 영화를 즐겨온 비장애인의 당연한
일상이 시청각장애인은 누릴 수 없는 특권으로
변하는 순간이었다. 특권은 소수만 가질 수 있는
대단한 게 아니라, "가지고 있다는 사실조차 느
끼지 못하는 자연스럽고 편안한 상태"◈이기 때

문이다.

청각장애인의 일상을 그린 웹툰 〈나는 귀머거리다〉의 한 에피소드에서 주인공 라일라는 자신이 좋아하는 영화가 모두 할리우드 작품일 수밖에 없는 이유를 설명한다. 극장에서 개봉하는 한국영화에는 자막이 제공되지 않아 상대적으로 외국 영화를 더 많이 봐왔기 때문이다. 2005년 개봉한 〈왕의 남자〉가 너무나 보고 싶었던 라일라는 영화관에서 영화 장면을 모두 외운 뒤 관람객들이 인터넷에 옮겨 놓은 중요 대사를 짜깁기해 각본집을 만든 후 영화를 재관람한다. 웹툰이 연재되던 2015년, 이 에피소드를 접한 독자들은 라일라에게 개인 소장용 자막을 제작해 주겠다고 나섰지만 라일라는 이를 정중히 거절한다. 라

● 김지혜, 『선량한 차별주의자』, 창비, 2019

일라를 가로막고 있는 자막의 장벽이 그에게만 드리워진 문제는 아니기 때문이다.

> "저를 제외한 다른 청각장애인은 어디서 그 불편을 해소할 수 있을까요."

웹툰 〈나는 귀머거리다〉를 보고 청각장애인이 처한 상황의 문제의식을 느낀 최인혜 대표는 장벽이 아닌 모두를 위한 다리를 짓기로 결심한다. 청각장애인이 온전하게 영상 콘텐츠를 관람할 수 있도록 배리어 프리barrier free 자막을 제작하기로 한 것이다. 배리어 프리란 장벽을 허문다는 뜻으로, 영상의 화면을 음성으로 설명해 주는 화면 해설과 화자 및 대사, 음악, 소리 정보를 알려 주는 한글 자막이 포함된 영화를 배리어 프리 영화라고 한다. 최인혜 대표가 이끄는 '영화를 읽는 사람들, 오롯'에서는 음성 언어를 한글 자막으로 바꾸어 영화제, VOD, 스트리밍 채널에 제공하는 일을 한다. 자막 제작은 소리를 들을 수 있고 한글 타자가 가능한 사람이라면 '누구나' 자원봉사로 참여할 수 있다.

이 세상에 가장 평화로운 단어가 있다면 그건 '누구나'가 아닐까. 누구나 참여할 수 있고, 누구나 사랑할 수 있고, 누구나 살 수 있는 세상. 어쩌면 이 모든 일이 누구나 자신의 권리를 지키며 살 수 있는 평화로운 세상을 만들기 위한 일일지도 모른다. 나는 누구나 가능한 그 일, 자막 제작 봉사에 바로 뛰어들었다.

내가 작업을 맡은 영상은 2005년에 방영된 시트콤 〈안녕, 프란체스카〉였다. 주인공 프란체스카 특유의 말맛이 살아 있는 유머로 화제가 된 작품이라 방영 당시에 나도 즐겨 봤었는데, 추억의 영상을 다시 만났다는 반가움과 동시에 2년간 공

들여 만들었다는 오롯의 자막 제작 지침서 덕분에 어려움 없이 작업에 빠져들 수 있었다. 지침서는 크게 세 부분으로 나눠, 인물 간의 대화를 옮길 때, 효과음을 글로 적을 때, 그리고 배경음악을 묘사할 때 어떤 형식으로 표기해야 하는지 명시되어 있었다.

자막 제작에서 가장 중요한 것은 '간결함'입니다.

한국어와 한국수어는 어순과 문법이 다르기 때문에 농인이 한국어 문장을 이해하는 데 청인보다 시간이 필요할 수 있다. 그래서 사투리나 말투는 들리는 그대로 옮겨 적되, 가독성과 이해도를 높일 수 있도록 한 줄에 20자를 넘기지 않는게 좋다. 자막의 양이 많다면 두 줄로 나누어 쓰거나 다음 화면에 타이핑해 넣어야 한다.

대사를 옮겨 적고 효과음을 표현하는 건 어렵지

않았다. '또각또각'이라든가 '째깍째깍', '콜록콜록', '후루룩 쩝쩝' 같은 의성어만큼은 자신 있었다. 배우의 발음이 정확하지 않을 때는 자원봉사자 그룹 채팅방에 음성을 공유해 의견을 주고받으며 가장 근접한 대사를 적어 넣기도 했다.

문제는 배경음악이었다. 극의 분위기를 조성하는 배경음악은 신경 써서 듣지 않으면 놓치기가 쉬웠다. 대사를 옮겨 적는 데 몰두하다 보면 배경음을 자주 잊었다. 배경음악은 시작된 지점에 음표와 함께 어떤 음악인지를 표기하는데, 식별 가능한 악기가 없거나 가사가 있는 가요가 아니면 '♬경쾌한 음악', '♬잔잔한 음악'처럼 분위기로 표현하면 된다. 하지만 표현하기 애매한 음악도 있었다. 재즈, 일렉트로닉, 디스코처럼 장르로만 알고 있는 음악이 그랬다. 장르로 학습된 음악의 분위기를 문자로 표현해본 경험이 없었기 때문이다. 겨우 '♬리듬감 있는 음악', '♬신나

는 음악' 정도로만 표현할 수 있었다. 보이는 것
도 마찬기지였다. 나는 내가 보고 들은 것, 감각
한 것을 완벽하게 설명해낼 수 없었다. 그 사실
은 나를 실망하게도, 겸손하게도 했다.

나에게는 말소리를 내가 이해할 수 있는 정보로
전환해주는 과정이 필요했다. 다시 말해서 먼 미
래에 도래할 완벽한 보청기나 청력 치료제에 대
한 약속이 아니라, 새로운 방식의 의사소통과 그
런 소통 환경을 가능하게 하는 기술이 내 삶을 실
제로 개선했다. 그 기술은 먼 미래가 아니라 현실
과 가까운 곳에 줄곧 있었는데, 오랫동안 나에게
선택지로서 주어지지 않았을 뿐이다.

_김초엽, 김원영, 『사이보그가 되다』

나의 실망과는 무관하게 자막 작업은 계속되어
야 했다. 김초엽 작가의 말대로 동시대를 살아가

는 농인과 청인 사이에 다리를 놓는 일은, 저 먼 미래에 발전될지도 모를 기술이나 의학을 기다리는 것이 아니라 지금 당장 도움이 되는 현실적인 기술을 제공하는 것이기 때문이다. 1인치 자막의 장벽을 무너뜨리는 건 어려운 일이 아니다. 여기는 할리우드도, 기술력이 부족한 1990년대도 아니다. 한국 영화를 감상하고 유튜브 채널을 즐기는 것이 청인만의 특권이 되지 않게 하려면 수어 통역과 문자 정보를 제공하면 된다. 여기에 최첨단의 기술이나 획기적인 발전이 필요한 건 아니니까. 지금 당장이라도 우리는 장벽 아닌 다리를 놓을 수 있다.

나는 자막 제작 봉사 외에 '누구나' 가능한 일을 하나 더 늘리기로 했다. 즐겨보는 유튜브 채널에 '한글 자막을 달아 달라'는 댓글을 남기는 것이다. 지금의 수어 실력으로 통역 봉사는 무리일 것 같으니, "모든 영상에 한글 자막이 달릴 때까지 댓글놀이를 멈추지 않겠다"[●]는 하개월올 따라, 오늘의 내가 구체적으로 할 수 있는 일을 하기로 한다. (수어를 완벽히 구사할 미래의) 나 자신에 대한 기대도 희망도 버리지 않은 채로.

● 김하정, 『나는 당신의 목소리를 읽어요』, 아르테, 2020

사람은 안 변한다는 말

내가 비건을 처음 접한 건 5년 전 베를린에서였다. 독일은 인구의 10퍼센트가 채식주의자고, 특히 '유럽의 비건 수도'라 불리는 베를린에 집중되어 있었는데, 나의 언어 교환 친구 야스민도 그중 한 명이었다.

야스민은 어릴 적 해동검도를 배운 것이 계기가 되어 한국에 관심을 갖게 되었다고 했다. 한국에는 1년 정도 어학연수를 다녀온 게 전부였지만 나보다 한국을 더 그리워하는 것 같았다. 다시 갈 생각은 없냐고 물어보자 야스민은 가느다란 손가락으로 이마를 긁적이며 웃었다.

"기름이 아까워서요."

정말 가야만 하는 이유가 있지 않은 이상 기름을 낭비하고 싶지 않다고 했다. 그런 그가 비건 지향인인 건 자연스러운 일이었다. 야스민에게 육

식은 고통의 문제였다. 잠깐의 만족을 위해 다른 생명에게 고통을 주는 것.

야스민과 보내는 시간이 길어질수록 팩으로 곱게 싸여 진열된 살덩어리가 먹음직스러워 보이지 않았다. 팩에 싸이기 전까지는 나처럼 움직이고 느끼고 애착했을 존재라고 생각하니, 고기를 삼키려 할 때마다 무엇인가가 목에 걸려 넘어가지 않았다. 그 정체는 '불편함'이었다.

한국에 돌아온 후에도 나는 어렵지 않게 채식을 이어나갈 수 있었다. 그 사이 한국에도 비거니즘 운동이 활발히 진행된 덕분이었다. 연대와 지지 속에서 책을 읽고 채식을 실천하는 한편, 나의 채식 습관을 알릴 때마다 "네가 그런다고 세상이 변할 것 같아?"라고 물어오는 사람도 여전히 있었다. 공격에 가까운 질문이었다.

"세상을 변화시킬 순 없어도 가까운 사람 한 명

정도는 바꿀 수 있지 않을까?"라고 되물으면 이런 말이 돌아왔다.

"사람 잘 안 변해."

'변하다'의 수어는 맞대고 있던 두 손바닥을 180도 돌리면서 손바닥의 위와 아래를 뒤집는 동작으로 표현한다. '손바닥 뒤집듯'이라는 관용어처럼 말이다. 나도 알고 있다. 사람 잘 안 변한다는 거. 수년간 채식을 해온 나도 가끔 고기 굽는 냄새에 마음이 동한다. 귀찮음이 앞서는 날에는 텀블러나 장바구니 없이 집을 나서고, 조금만 긴장을 풀면 아무 생각 없이 차별적인 말을 내뱉는다. 뿌리 깊은 편견과 차별로 쌓인 무의식의 성은 얼마나 견고한지, 수어 공부 몇 개월, 책 몇 권으로 쉽게 허물어지지 않았다.

이런 내가 가까운 사람 단 한 명이라도 변화시킬

수 있을까? 나도 자신이 없다. 겨우 나 하나 바꾸는 일도 이렇게나 어려우니 말이다. 지금보다 더 나은 사람이 되고 싶은데, 어떻게 해야 '나'라는 관성을 깨트릴 수 있을까?

분명한 것은 메모장 안에서 우리는 더 용감해져도 된다는 점이다. 원한다면 얼마든지 더 꿈꿔도 좋다. 원한다면 우리는 우리가 쓴 것에 영향을 받을 수 있다. 어떻게 살지 몰라도 쓴 대로 살 수는 있다. 할 수 있는 한 자신 안에 있는 최선의 것을 따라 살라는 아리스토텔레스의 말이 있지 않은가. 자신 안에 괜찮은 것이 없다면 외부 세계에서 모셔 오면 된다.

_ 정혜윤, 『아무튼, 메모』

정혜윤 PD는 메모를 통해 변할 수 있다고 말한다. 어떻게 살지는 몰라도 우리가 쓴 대로 살 수는 있다고. 그런 '자그마한 기적'이 메모라는 '사소한 일'로 일어날 수 있다고. 정혜윤에게 메모가 쓴 대로 살아지는 기적이라면, 나에게 글은 '이렇게 살겠다'는 선언이다. 내가 살아내고 싶은 말을 글로 써서 하는 약속이다. 채식을 하겠습니다, 일회용품을 사용하지 않겠습니다, 장애인을 차별하지 않겠습니다. 나의 관성이 나를 이전으로 돌려놓지 않도록, 내가 쓴 글에 책임을 지고 살도록, 남의 시선을 의식해서라도 쓴 대로 살기 위해서다.

변하고 싶다. 나는 지금의 내가 변했으면 한다. 어떤 식으로인지는 알 수 없지만 조금 더 좋은 사람이 되지 않으면 안 될 것 같다. 지금보다 좋은 내가 되기 위해서는 도대체 어떻게 하면 되는 거지?
　　　　　　_ 마스다 미리, 『지금 이대로 괜찮은 걸까?』

만화가 마스다 미리가 『지금 이대로 괜찮은 걸까?』에서 처음 그린 '수짱'의 나이는 서른넷이었다. '수짱 시리즈'를 즐겨 읽던 20대의 나는 수짱처럼, 지금보다 나아지기를 포기하지 않는 30대가 되고 싶다고 생각했다. 며칠 전, 그녀의 책을 다시 꺼내 읽다가 홀연히 깨닫고야 말았다. 내가 이미 그 시절 수짱의 나이가 되어 있었다는 사실을. 그리고 묻지 않을 수 없었다. 나는 이전보다 더 나은 사람이 되었다고 말할 수 있을까?

나는 '늘 실수하고 길을 잃고 발전은 더디'다. 이렇게 '후진' 내가 수어를 배우고, 또 그 과정을 글로 쓰기로 한 건 불편함의 힘을 믿고 있기 때문이다. 내 글이 사람을 바꿀 수는 없어도 불편하게 만들 수는 있으니까. 불편함이야말로 사람을 변화시킬 수 있다고 나는 믿고 있다. 평소처럼 고기를 구울 때, 대화 중 누군가 내뱉은 혐오적 표현을 들었을 때, 고통스럽진 않아도 목에 가시가 걸린 것처럼 불편하다면 그때부터 변화는 시작된다. 자신이 더 나아져야 한다고 믿는 사람들과 함께라면 우리는, 세상은 변할 수 있지 않을까? 내가 그렇게 살아내고 싶어서 적어 내려간 문장이 우리를 변화시킬 거라고, 나는 믿고 있다.

『우주만화』에서 이탈로 칼비노가 말한 것처럼 자기 자신의 변화라는 최초의 진정한 변화가 있어야 다른 변화가 뒤따르기 시작한다. 세상 무엇도 인간이 변하기 전에는 변하지 않고, 새로운 인간이 된다는 것은 매일 매일의 '단련'의 결과다.

_ 정혜윤, 『아무튼, 메모』

나는 늘 변하고 싶다. 어떤 식으로든 더 나은 사람이 되고 싶다. '지금 이대로 괜찮은 걸까' 치열하게 고민하는 어른이고 싶다. 자꾸 이전으로 돌아가려는 나와 싸우며, 불편한 채로 살고 싶다. 그리고 "사람은 안 변한다"고 말해오는 이들에게 이렇게 답하고 싶다.

"사람이 변할 수 있다는 것 말고 이 세상에 어떤 희망이 있나요?"

✳
✳
✳

포기하지 않는 마음

좋아하는 마음은 우리를 어디까지 데려갈까?

좋아하는 마음을 원동력으로 살아가는 사람들이 있다. '인생의 모험은 모두 사랑 때문에 벌어졌다'[1]고 말하는 사람들. '자신의 지평선이 넓어지고 있음을 발견하는'[1] 사람들. 이른바 '덕질'을 통해 세계를 확장시키고 더 먼 곳까지 나아가는 사람들. 이들은 입을 모아 이렇게 말한다. 좋아하는 대상은 무엇이든 될 수 있다고. 그러니 우리 모두는 무언가의 덕후라고 말이다.

수어는 어떨까? 수어도 덕질이 가능할까?

『목소리를 보았네』는 다름 아닌 수어와 농문화를 향한 덕심으로 쓰인 책이다. 『아내를 모자로 착각한 남자』로 잘 알려진 신경과 전문의 올리

● 정지혜, 『좋아하는 마음이 우릴 구할 거야』, 휴머니스트, 2020
● 천둥, 『요즘 덕후의 덕질로 철학하기』, 초록비책공방, 2020

버 색스가 쓴 이 책에는 우연한 계기로 수어를
접했다가 농세계에 완전히 매료되어 점점 깊이
빠져드는, 이른바 수어 입덕 과정이 담겨 있다.

밤낮으로 다양한 책을 섭렵하며 수어가 얼마나
아름다운 언어인지, 그 자체로 얼마나 완벽한 언
어인지를 알게 된 올리버 색스는 급기야 주민의
대다수가 수어를 사용하는 마서즈 비니어드 섬
에 찾아가 사람들을 관찰한다. 이 섬에선 마지막
청각장애인이 1952년 세상을 떠난 뒤에도 수어
가 보존되고 있었는데, 생생한 수어의 현장을 눈
으로 목격한 올리버 색스는 수어가 뇌의 기본적
인 언어임을 확신하고 수어 연구에 몰두한다.

올리버 색스가 의학적인 시선(귀에 장애가 생긴 사
람)으로만 바라보던 청각장애인을 다른 시선(나
와는 다른 언어 공동체에 속한 사람)으로 바라보게 된 결정적인 장면이 있다. 농인을 위한 세계 유일의 교양학부 대학인 갤로뎃 대학을 방문한 것이다. 갤로뎃 대학은 그야말로 열정적인 수어와 열정적인 대화가 가득한 곳이며, 다른 종류의 의사소통 방식만이 아닌 다른 종류의 감수성, 다른 종류의 존재 양식으로 살아가고 있는 그 자체로 완벽한 사회였다. 올리버 색스는 그때의 감동을 이렇게 적었다.

1986년과 1987년에 갤로뎃에 갔을 때 나는 놀랍고 감동적인 경험을 했다. 그전까지는 순전히 청각장애인들로만 이루어진 사회를 본 적도 없고, 수화가 어쩌면 정말로 완전한 언어, 즉 사랑과 연설과 구애와 수학 등에 다른 언어와 똑같이 적합한 언어일지도 모른다는 사실을 제대로 깨닫지도 못했다. 하지만 수화로 진행되는 철학과 화학 수업을 보고서야 그 사실을 깨달았다. 절대적인 침묵 속에서 진행되는 수학 수업도 보고, 청각 장애인 시인과 수화로 지은 시도 캠퍼스에서 보았다. 갤로뎃에서 제작되는 연극의 깊이와 폭도 대단했다. 학생들이 드나드는 술집에서는 수많은 학생들이 끼리끼리 대화를 나누며 손을 사방으로 날듯이 움직이는 놀라운 풍경도 보았다. 이런 광경들을 모두 본 뒤에야 비로소 나는 청각장애에 대한 '의학적' 견해 (청각장애를 '치료'가 필요한 상태 또는 '결함'으로 보는 것)에서 청각장애인들이 완전한 언어와 자기들만의 문화로 공동체를 이루고 있다고 보는 '문화적' 견해로 옮겨갈 수 있었다.

_올리버 색스,『목소리를 보았네』

1864년 설립된 갤로뎃 대학은 올리버 색스가 설명한 대로 철학·화학·수학 등 모든 전공에 대한 수업이 수어로 이루어지며, 그렇기 때문에 학생들이 강의실 어디서든 교수의 손을 바라볼 수 있도록 건물이 설계되어 있다. 농교육이나 농학, 미국 수어학 등 농 관련 학문은 물론이고 연구원·회계사·변호사·심리학자·교사·운동선수 등 기회와 수단만 주어지면 농인도 모든 면에서 청인과 비슷한 성과를 올릴 수 있음을 보여준 곳이기도 하다.

그럼에도 갤로뎃 대학이 개교한 이래 124년 동안 한 번도 농인이 총장을 지낸 적이 없다는 점은 납득하기 힘들다. 학생들은 줄곧 농인 총장을 요구하는 운동을 활발하게 벌였으나 이사회는 "청각장애인들은 아직 귀가 들리는 세상에서 제대로 기능을 발휘할 준비가 되어 있지 않다"며 받아들이지 않았다. 분노한 갤로뎃의 학생들은 1988년 3월 7일 대학을 점거하고 '지금 당장 농인 총장DEAF PRESIDENT NOW'을 임명하라는 시위를 벌였고, 갤로뎃 대학 학생을 포함하여 2,500여

명에 달하는 사람들이 피켓을 들고 나와 국회의
사당으로 행진했다. 시위가 시작된 지 일주일 만
인 3월 13일 농인 교수인 킹 조던이 새 총장으로
선임되면서 시위는 끝이 났다. 그리고 농인의 역
사에서 시민권 취득을 위한 독특한 순간이라고
평가받는 이 놀라운 사회적 운동의 한복판에 올
리버 색스가 있었다.

우리는 천천히 의사당으로 행진을 시작한다. 걷
는 동안 놀라운 차분함이 점점 자라난다. 나는 어
리둥절하다. 주위가 완전히 조용해진 것은 아니
다. 사실 상당히 많은 소음이 들려온다. 특히 청
각장애인들의 고함소리가 귀를 찌른다. 나는 이
차분한 분위기가 도덕극을 닮았다는 결론을 내
린다. 지금이 역사적인 순간이라는 느낌이 사방
에 퍼져서 이렇게 기묘하게 차분한 분위기를 만
들어내고 있는 것이다. (……) 우리는 빽빽하게 모

여 있지만 북적거린다는 생각은 들지 않고 오히려 놀라운 동지의식이 느껴진다. 연설이 시작되기 직전에 누군가가 나를 끌어안는다. 틀림없이 내가 아는 사람인 줄 알았는데 '앨라배마'라는 표식을 몸에 붙인 학생이다. 그가 동지처럼 나를 끌어안고 내 어깨를 가볍게 치고 방긋 웃는다. 우리는 서로 모르는 사이지만 이 특별한 순간에는 동지다.

_ 올리버 색스,『목소리를 보았네』

나는 단번에 수어를 향한 마음이 그를 국회의사당으로 향하는 행렬의 한가운데로 데려갔다는 사실을 알아챘다. 그곳에서 올리버 색스가 마주한 건 수천 명의 사람들이 단 하나의 감정으로 하나가 된 풍경이었다. 배낭에 넣어온 점심 도시락을 꺼내 먹으며 수어로 대화를 나누는 사람들, 집 같은 개인적인 공간이나 갤로뎃이라는 제한

적인 장소가 아니라 공공장소에서 어색해하지 않고 자유롭고 아름답게 수어를 쓰는 사람들이 있었다. 그 생동하는 장면 속에 기꺼이 피사체가 되길 선택한 올리버 색스는 어쩌면 이런 생각을 하고 있지 않았을까?

'아, 나는 포기하지 않으리.'

눈앞의 이 완벽한 장면을 모든 것에서부터 사수하고 싶은 책임감이 올리버 색스의 마음에 자리했을 것이다. 좋아하는 마음은 그러니까 포기하지 않는 마음, 지켜내고 싶은 마음이다. 포기하지 않는 사람만이 이야기를 쓴다. 지켜내고 싶은 책임감이 글을 쓰게 하니까. 그렇게 쓰인 이야기는 도무지 상상할 수 없었던 영역으로 우리를 데려간다. 올리버 색스의 책장에 꽂힌 수많은 책이 그를 박동하는 농세계로 안내한 것처럼, 올리버 색스의 책이 나를 갤로뎃 시위의 한복판으로 데려간 것처럼 말이다.

덕심이라고 말하지 않을 수 없는, 수어를 향한 나의 이 마음은 나를 어디까지 데려갈까? 이제 막 시작된 나의 이야기는 이 책을 읽는 독자를 어디로 데려다줄 수 있을까?

나는 그 대답을 이미 잘 알고 있다.

에필로그 ✳

나만 알고 있는 것

식물학자 호프 자런은 자신이 과학자가 되던 날을 이렇게 회상한다. 1994년 가을밤, 호프 자런은 엑스레이 회절 실험실에서 자신의 연구과제였던 팽나무 씨를 이루고 있는 기본요소가 무엇인지를 알아낸다. 그 물질은 오팔이었고, 1시간 전만 해도 아무도 몰랐던 미지의 사실을, 그래프는 확실하게 말해주고 있었다. 무한대로 확장되는 우주에서 오직 자신만이 이 진실을 알고 있다는 사실에 고무된 호프 자런은 누구에게도 전화를 걸지 않은 채 창밖으로 해가 떠오르기만을 기다리며 몇 방울의 눈물을 흘렸다. 인생의 한 페이지가 넘어가는 그 순간을 온몸으로 흡수하기 위해서였다.

창밖을 보니 캠퍼스가 떠오르는 태양의 첫 햇살을 받아 빛나고 있었다. 다른 어느 누가 나처럼 숨이 멎을 듯한 이 아름다운 여명을 맞고 있을까 생

각했다. (……) 우주가 나만을 위해 정해놓은 작은
비밀을 잠깐이나마 손에 쥐고 있었다는, 그 온몸
을 압도하는 달콤함은 아무도 앗아갈 수 없었다.

_호프 자런, 『랩 걸』

수어 수업이 끝나고 학원 건물을 빠져나오면서
나는 종종 호프 자런이 되곤 했다. 이 넓고 넓은
세상에서 수어를 알고 있는 사람이 오직 나뿐인
듯 특별한 존재가 된 기분. 어느 날엔 내가 이 감
정을 기다려 왔다는 생각도 들었다. 그럴 땐 졸
린 눈을 비비며 억지로 학원의 문을 열던 아침과
는 영 딴판인 얼굴로 감격했다. 세상에 이런 언
어가 있다니!

집으로 돌아온 나는 서둘러 노트북 앞에 앉았다.
내가 보고 이해한 사실을 잊어버리기 전에 기록
하고 싶어서였다. 누군가에겐 그리 대단하지 않

은 발견일 수 있는 이 경이로운 언어의 매력을 선명하게 전하고 싶었다. 나는 실험실의 호프 자런이 되어 종일 수어를 들여다보고, 질문하고, 유의미한 문장을 건져내기 위해 연구했다. 그러니까 수어는 나의 이파리*였다. 하지만 3차원의 공간을 활용하는 입체적이고 시각적인 언어를 2차원적인 문자 언어로 묘사하기엔 해상도가 낮았다. 글을 쓰는 내내 내가 가진 언어와 고작 이렇게밖에 표현할 수 없는 나의 한계를 실감해야 했다.

식물의 세계에 절대 정착할 수 없는 이방인 입장에서 나는 얼마나 그들의 내부에 접근할 수 있을까?

_호프 자런, 『랩 걸』

● 호프 자런이 매일 들여다보는 연구 대상이자 새로운 아이디어로서의 의미

연구를 향한 절실함과 처절함, 그리고 식물의 위대함을 글로 쓴 호프 자런처럼 나도 자신이 알고 있는 것을 전하는 데에 집중하고 싶었다. 농인이 아닌 내가 수어학원만으로 농세계 내부에 접근할 수는 없었지만 이방인으로서, 철저한 연구자로서 여러 번의 시행착오를 거쳐 내가 하고 싶은 이야기에 가까워지고 싶었다.

나는 매번 실패했지만 더 나은 내가 존재한다고 생각하지는 않기로 했다. 내 글에는 분명 수어를 통해 확장된 세계가 있으니까.

그와 함께 이제 막 내 인생이 변화했다는 사실이 서서히 실감 나기 시작했다.●

● 『랩 걸』 '그와 함께 이제 막 내 인생이 변화했다는 사실이 서서히 실감 나기 시작했다.' 차용

딴딴+

손으로 만든 세계로의 초대

: 책 속에 등장하는 매력 넘치는 수어들

내가 수어를 공부하면서 발견한 단어도 희망이

다. 내 수어 실력이 늘리라는 희망과는 별개로

(이 희망은 점점 꺼져가고 있다.) 거리 곳곳에서 차별과

싸우는 낙관주의자들을 만났기 때문이다.

1.   2.

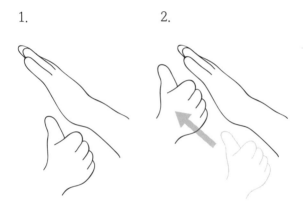

엄지만 편 오른 주먹의 바닥으로 손등이 위로 향하게

비스듬히 세운 왼 손바닥을 스쳐 올려 표현한다.

＊1년 / 1시간

시각적이고 입체적인 수어의 특징은 시간을 나타낼 때 특히 매력적이다. '1년'은 지구가 태양 주위를 한 바퀴 도는 공전의 과학적 개념을 그대로 시각적으로 표현한다.

1.

2.

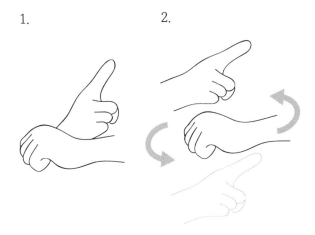

1년 오른 주먹을 지구, 왼 주먹을 태양이라고 했을 때, 오른 주먹의 검지를 펴서 숫자 1을 만든 뒤 지구가 태양을 돌 듯, 왼 주먹 주변을 한 바퀴 돌리면 된다.

1.   2.

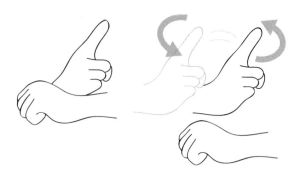

1시간 손목시계의 분침이 한 바퀴 돌아가듯, 왼 손목

위에서 오른손으로 만든 숫자 1을 시계 방향으로 한

바퀴 돌린다.

✷ 괜찮다

나는 인상을 쓰며 새끼손가락으로 턱을 두 번 두
드렸다. 다른 어떤 수어보다 자신 있었다. 괜찮
다고 말하면서도 실은 하나도 괜찮지 않았던 날
들을 떠올리며 눈에 쌍심지를 켜고 툭툭 두드리
면 그만이었다.

1.   2.

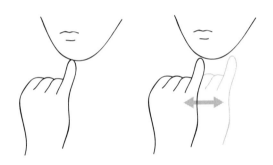

검지와 중지 대신 새끼손가락을 두 번 턱에 댄다.

땅 위에 서 있는 사람의 모습을 연상할 수 있다.
여기서 중요한 건 다리가 후들거리지 않게 검지
와 중지를 단단하게 펴고 서는 것이다.

1.   2.

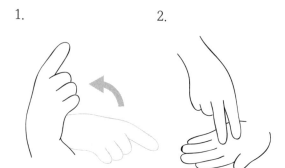

오른손 검지로 명치를 스쳐 올려세운 다음, 손바닥이
위로 향하게 편 왼손바닥에 오른손의 검지와 중지로
V자 형태를 만든 뒤 거꾸로 올려세운다.

✻ 박수

박수 소리가 반짝인다. 어서 오라고, 기다렸다
고. 농세계엔 이런 반짝이는 언어가 있다고. 우
리의 삶도 당신의 삶처럼 반짝인다고.

1.

2.

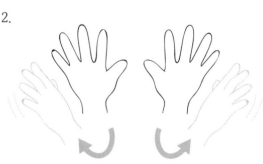

손뼉을 치는 대신 양손을 올려 별처럼 반짝이는 동작
으로 표현한다. 반짝반짝.

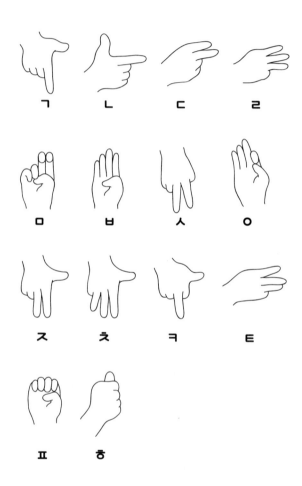

ㄱ   ㄴ   ㄷ   ㄹ

ㅁ   ㅂ   ㅅ   ㅇ

ㅈ   ㅊ   ㅋ   ㅌ

ㅍ   ㅎ

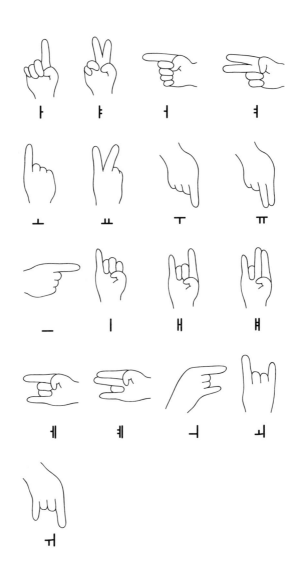

ㅏ ㅑ ㅓ ㅕ

ㅗ ㅛ ㅜ ㅠ

ㅡ ㅣ ㅐ ㅒ

ㅔ ㅖ ㅓ ㅚ

ㅟ

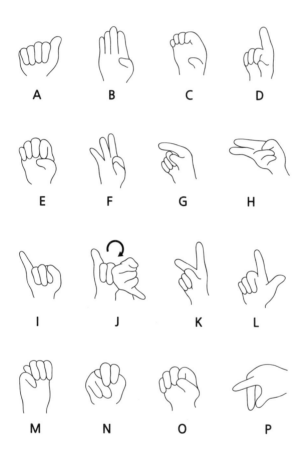

A

B

C

D

E

F

G

H

I

J

K

L

M

N

O

P

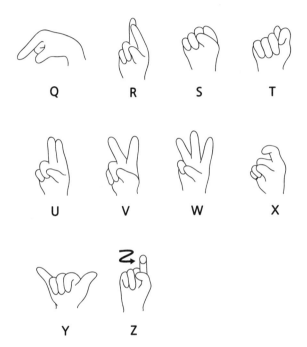

Q R S T

U V W X

Y Z

이 책을 쓰기 전까지 글쓰기는 나 혼자 하는 작업이라고 생각했다. 내가 써 내려간 문장은 오직 나 한 사람의 결과라고. 그러니 잘 쓴 글도 그렇지 못한 글도 내 몫이자 내 책임이라고 생각하며 써왔다. 하지만 이 책을 쓰는 동안, 수어에 관해서는 이야기가 달랐다. 이제 막 수어에 발을 들인 내가 붙잡을 수 있는 건 이미 쓰인 책뿐이었다. 이 작은 한 권의 책에는 그렇게 빚진 문장들로 가득하다. 한두 문장인 경우도, 단락을 통째로 옮긴 것도 있지만 한 사람의 삶을 통과해 적힌 문장들이므로, 그의 삶 전체를 빌려온 것이기도 하다.

우연의 질병, 필연의 죽음 미야노 마키코, 이소노 마호 지음, 김영현 옮김, 다다서재, 2021

수화 배우는 만화 핑크복어 글그림, 돌베개, 2020

서로 다른 기념일 사이토 하루미치 지음, 김영현 옮김, 다다서재, 2020

영혼에 닿은 언어 김유미 지음, 홍성사, 2016

반짝이는 박수 소리 이길보라 지음, 한겨레출판, 2015

산책을 듣는 시간 정은 지음, 사계절, 2018

사이보그가 되다 김초엽, 김원영 지음, 사계절, 2021

머나먼 섬들의 지도 유디트 샬란스키 지음, 권상희 옮김, 눌와, 2018

이 작은 책은 언제나 나보다 크다 줌파 라히리 지음, 이승수 옮김, 마음산책, 2015

어른이 되면 장혜영 지음, 시월, 2020

잃어버린 단어들의 사전 핍 윌리엄스 지음, 서제인 옮김, 엘리, 2021

목소리를 보았네 올리버 색스 지음, 김승욱 옮김, 알마, 2012

랩 걸 호프 자런 지음, 김희정 옮김, 알마, 2017

선량한 차별주의자 김지혜 지음, 창비, 2019

아무튼, 메모 정혜윤 지음, 위고, 2020

지금 이대로 괜찮은 걸까? 마스다 미리 지음, 박정임 옮김, 이봄, 2013

나는 당신의 목소리를 읽어요 김하정 지음, 아르테, 2020

좋아하는 마음이 우릴 구할 거야 정지혜 지음, 휴머니스트, 2020

요즘 덕후의 덕질로 철학하기 천둥 지음, 초록비책공방, 2020

다큐멘터리 · 영화 · 웹툰

반짝이는 박수 소리　이길보라, 2015
어른이 되면　장혜영, 2018
DEAF U　나일 디마르코, 2020
청설　청편편, 2009
미라클 벨리에　에릭 라티고, 2014
컨택트　드니 빌뇌브, 2016
나는 보리　김진유, 2020
나는 귀머거리다　라일라, 2017

따뜻 01

수어 : 손으로 만든 표정의 말들

초판 1쇄 발행 2021년 8월 1일
초판 4쇄 발행 2024년 12월 15일

지은이 이미화
펴낸이 김종길 **펴낸 곳** 글담출판사 **브랜드** 인디고

기획편집 이은지 · 이경숙 · 김보라 · 김윤아 · 안수영 **영업** 박용철 · 김상윤
디자인 엄재선 · 박윤희 **마케팅** 정미진 · 김민지 **관리** 박지웅

출판등록 1998년 12월 30일 제2013-000314호
주소 (04029) 서울시 마포구 월드컵로8길 41 (서교동 483-9)
전화 (02) 998-7030 **팩스** (02) 998-7924
블로그 blog.naver.com/geuldam4u **이메일** geuldam4u@naver.com

ISBN 979-11-5935-089-4 (04810)

만든 사람들 ────────

책임편집 이은지 **표지디자인** 김종민 **본문디자인** 엄재선 **교정교열** 윤혜숙
본문 일러스트 상상벼리

글담출판에서는 참신한 발상, 따뜻한 시선을 가진 원고를 기다리고 있
습니다. 원고는 글담출판 블로그와 이메일을 이용해 보내주세요. 여러
분의 소중한 경험과 지식을 나누세요.